La novela olvidada en la casa del ingeniero

Soledad Puértolas

La novela olvidada en la casa del ingeniero

EDITORIAL ANAGRAMA
BARCELONA

Ilustración: © Eva Mutter

Primera edición: *mayo 2024*

Diseño de la colección: Julio Vivas y Estudio A

Pau Claris, 172
08037 Barcelona

ISBN: 978-84-339-2433-9
Depósito legal: B. 3123-2024

Printed in Spain

Liberdúplex, S. L. U., ctra. BV 2249, km 7,4 - Polígono Torrentfondo
08791 Sant Llorenç d'Hortons

Gracias, ingeniero

1. MAURICIO BALLART DA CUENTA DE LA APARICIÓN DE LA NOVELA OLVIDADA EN LA CASA DEL INGENIERO

Mi amigo Tomás Hidalgo, que me considera un escritor en toda regla –a pesar de que me muevo en el campo de la literatura juvenil–, me entregó hace meses un manuscrito que, según me explicó, había sido encontrado por pura casualidad en el fayado de una casa de campo. «La casa del ingeniero», así era como la llamaban.

–Creo que es interesante –dijo–. Échale una ojeada.

Me contó cómo había sido encontrado, lo que en sí es otra historia. Pero como es la causa inmediata –o eficiente– de lo que se relata a continuación, ha de incluirse de forma obligatoria en el libro que ahora ofrecemos a los lectores.

El descubridor de la novela es un hombre de unos setenta años. Se encuentra en plena forma, aunque, en su opinión, está hecho una ruina. Desde hace un par de años, el matrimonio –se trata de un hombre venturosamente casado y es por ahí, por parte de su esposa, por donde se establece el vínculo con mi amigo Tomás, ya que la esposa y él son primos– vive en el campo. Pensando en los nietos, que pasan parte del verano con ellos, una mañana subió al fayado porque, cuando le habían comprado la casa al ingeniero, que había vivido allí más de cuarenta años, recordaba haber visto unos viejos ordenadores y se dijo que, si aún funcionaban, podían servirles de entretenimiento alguna tarde de lluvia.

Había tres ordenadores. Empezó por el más antiguo, un artefacto bien diseñado que, al ser conectado a la red eléctrica, demostró que sus virtudes no se limitaban al diseño. Era uno de esos primeros ordenadores que se servían de pequeños discos, los disquetes, donde se quedaba grabado el documento. En el fayado había varias cajas de estos disquetes. El hombre –que, por cierto, también era ingeniero– cargó, una por una, con todas las cajas, se las llevó a su despacho y comprobó, con satisfacción, que los documentos podían abrirse y leerse en la pantalla sin dificultad.

El siguiente paso era saber si se podían imprimir. Revolviendo entre los objetos de todas clases que se habían ido acumulando en el desván, encontró varias impresoras. Las examinó, en busca de la que pudiera corresponderse con el viejo ordenador. Los cables y enchufes funcionaban. Las pequeñas luces –una verde, otra roja– se encendían. Lo que no encontró fue papel para la impresora. No había ninguna clase de papel en el desván. Por lo demás, aquella impresora requería un tipo de papel especial. No se trataba de hojas sueltas, sino de rollos, con la particularidad de que los márgenes debían estar agujerados como los blocs de notas de espiral para poder ajustarse al cilindro rotatorio de la máquina.

En el campo, con más razón que en la ciudad, uno se acostumbra a comprar cosas a través de internet. Nuestro hombre indagó, dio con la clase de papel que se precisaba, y lo encargó. Se equivocó en un detalle –eso le ocurría con frecuencia–: no se fijó bien en la cantidad que estaba encargando. Recibió una gran caja que contenía cientos de folios plegados en zigzag, separados entre sí por una línea quebradiza de puntos y con los márgenes agujereados. Pues a imprimir, se dijo.

Fue así como apareció la novela. Estaba escondida –y puede que olvidada– en uno de los disquetes. El documento no llevaba título. El resto de los disquetes contenían toda clase de informes, mapas, cálculos. Trabajos profesionales, en suma. Puestos a escoger algo para imprimir, nuestro hombre se decidió por la novela. Aún no se atrevía a llamar «novela» a aquel conjunto de folios impresos, pero, en todo caso, cuanto allí estaba escrito se entendía. Se contaban cosas, aparecían nombres y apellidos de personas, si bien algo inducía a pensar que todo eso era una invención y que, más que a personas, aquellos nombres correspondían a personajes. ¿Qué era aquel escrito?, ¿una crónica de un suceso real?, ¿una fantasía?

Nuestro hombre lo leyó con creciente interés. Se relataban hechos curiosos, fueran reales o no. Como su esposa, la prima de mi amigo Tomás, era aficionada a la lectura de novelas –siempre andaba con una bajo el brazo y en su mesilla de noche se acumulaban los libros, unos leídos y otros por leer–, el descubridor del hallazgo le pidió que lo leyera, con la esperanza de aclarar algo el enigma. Él no era un lector entendido. Quizá se tratara de un hallazgo valioso.

La prima de Tomás, que era una escéptica –en el fondo de su ser consideraba que su marido conservaba, como parte de su personalidad, excesivos elementos infantiles–, dejó pasar unos días sin abrir la carpeta que contenía los folios, ya separados unos de otros, pero aún con los márgenes perforados. Estaba acostumbrada a leer libros, no manuscritos. Las novelas que leía con tanta avidez venían avaladas por una editorial, habían sido –se presumía– revisadas y quizá corregidas, pero aquel montón de folios no había pasado por las manos de ningún experto. Y, por encima de todo, era mucho más trabajoso leer aquella letra algo grisácea, que no destacaba demasiado sobre el fondo blanco del papel, que la letra impresa y clara que ofrecían los libros que ella compraba. No podía con la letra pequeña ni con las ediciones baratas.

En su opinión, se trataba de una novela, aunque encontró algunos flecos e incoherencias, lo cual se da, si bien en pequeñas e insignificantes dosis, aun en las mejores novelas. Quizá fuera una mezcla de hechos reales y hechos inventados. Muchas novelas siguen este procedimiento, se dijo. Lo mezclan todo, conjugan realidad e imaginación con tal pericia que el lector no es capaz de discernir lo uno de lo otro.

Algo de razón tenía la prima de Tomás, aunque las cosas no sean tan sencillas. Como escritor –de literatura juvenil–, soy muy consciente de ello. Ese es el privilegio del novelista, crear un mundo paralelo en el que los elementos de la realidad se vuelven ficción y los de la ficción se hacen realidad dentro del ámbito de la ficción. Parece un galimatías, pero es así. La ficción es un campo ilimitado. El autor, si lo hace bien –y para eso yo creo que no hay una fórmula–, puede hacer lo que quiera. La persona que se dispone a leer una novela sabe de antemano que las posibilidades que, al abrir el libro, se despliegan son casi infinitas. Da por sentado que el autor es libre de manejar la realidad a su antojo, ¡qué libertad! Si cuanto allí se relata ha sucedido o no, eso es lo de menos. Solo a los cronistas de la realidad les importa eso, no a los lectores de novelas. El asunto es convencer al lector de que ese mundo es lo suficientemente interesante como para seguir adelante con la lectura. Lo suficientemente coherente. En suma: lo suficientemente verosímil. Otra vez el galimatías.

Sí, dictaminó la prima de Tomás Hidalgo, aquello era una novela. Lo que le intrigaba de verdad era el autor, ¿quién había escrito en el ya viejo ordenador del ingeniero aquellas páginas que no tenían nada ver con cálculos ni proyectos? Nadie las firmaba. Eran un documento más, al lado de otros que no tenían nada que ver con él. Puede que esta fuera la primera vez que llegaran a imprimirse. ¿Era el mismo ingeniero quien, en ratos perdidos, había dado rienda suelta a su imaginación?, ¿por qué no?, una especie de pasatiempo entre proyecto y proyecto. Pero el hecho de que la historia que se contaba estuviera relatada por una mujer desconcertó a la prima de Tomás. No es que sea algo tan extraño. Como lectora contumaz de novelas, lo sabía. Un escritor puede dar voz a una narradora, del mismo modo que una escritora puede dársela a un narrador. Eso lo sabe, lo debe saber, todo el mundo, pero a veces, por confusas razones, nos resistimos un poco a esta evidencia, el privilegio del novelista. Sea como fuere, a la prima de Tomás se le metió en la cabeza la idea de que la autora del manuscrito era una mujer. El ingeniero no podía haber escrito aquello, estaba segura, aunque, por lo que sé, ella no había llegado a conocerlo, ya que de todas las gestiones para la compra de la casa se había ocupado su marido, otro ingeniero, como ya he dicho.

Vivir en el campo, y más aún para quien ha pasado muchos años en la ciudad, no es tan fácil. Hay muchas cosas que hacer, manualidades, quehaceres poco lucidos, monótonos, trabajos físicos que exigen un esfuerzo continuado, una rutina que puede suponer, en ocasiones, una especie de lastre. Al mismo tiempo, hay huecos y vacíos, horas en las que toda actividad cesa. En el campo, es muy conveniente tener grandes aficiones. Tras leer la novela encontrada en los archivos del viejo ordenador, a la prima de Tomás le entró un afán detectivesco que no tardó en transmitir a su marido y ambos se dedicaron a hacer todo tipo de pesquisas e indagaciones.

Preguntaron aquí y allá, escribieron cartas, visitaron registros, archivos y bibliotecas. El marido se volcó en aquella investigación. Ese tipo de cosas le fascinaban. Los elementos infantiles de su carácter le servían de apoyo. Se ilusionaba fácilmente, tenía mucha imaginación. Antes que las necesarias tareas de utilidad y provecho, prefería hacer cosas que no sirvieran para nada.

La prima de Tomás no precisó cuánto tiempo les llevó establecer una hipótesis verosímil, o Tomás no me lo dijo a mí o, si me lo dijo, lo pasé por alto, pero, haciendo gala de una buena dosis de imaginación, trazaron el perfil de la autora de la novela olvidada.

El haber leído tantas novelas le había proporcionado a la prima de Tomás cierta formación. Sabía distinguir entre el personaje que narra en primera persona y el autor del manuscrito. En el caso del manuscrito encontrado en casa del ingeniero, la historia estaba narrada por una mujer, un personaje femenino que tenía un nombre concreto, Leonor. Eso no le causó confusión alguna. Ya había decidido que la autora del manuscrito era una mujer, y así se lo comunicó a su marido, que aceptó sin discusiones la hipótesis. Tras barajar otras posibilidades, le dieron, distinguiéndola claramente de la narradora, el nombre de Laura, que tenía reconocida tradición literaria y que, además, no sonaba demasiado distinto de Leonor. Al menos, compartían un par de consonantes.

A partir de los datos que había conseguido reunir, el matrimonio de detectives concluyó que Laura visitaba esporádicamente al ingeniero y pasaba unos días con él, nunca demasiados. Con la excepción de aquel documento sin imprimir, no había dejado huella en la casa, lo cual, de haber pasado en ella largas temporadas, hubiera sido muy improbable, pues con el tiempo los espacios absorben algo del espíritu de quienes transitan por ellos. No habían encontrado en el pueblo nadie que la recordara. Sin duda, se trataba de una mujer bastante más joven que el ingeniero. Ese tipo de cuestiones las resolvía, con admirable seguridad, la prima de Tomás. El estilo en que la novela estaba escrita correspondía a una mujer joven, aunque ya con cierta experiencia vital. ¿Cómo de joven? Alrededor de cuarenta años, más hacia arriba que hacia abajo.

Era una conclusión emocionante, y cuando con motivo de una celebración familiar la prima se encontró con Tomás, le habló del asunto. Tomás me confesó que tiene debilidad por esta prima, y que se vio obligado a mostrar más interés del que en realidad tenía, ya que esa clase de cosas le sonaban a exageradas fantasías. ¿No estaría su prima tomándole el pelo y lo que quería era que Tomás leyese una novela que había escrito ella misma y de la que de momento no quería declarar su autoría? Su prima era así, una embaucadora nata.

El manuscrito tardó un tiempo en llegar a sus manos, Dios sabe por qué. Probablemente, porque las tareas del campo –vivir en una casa aislada de un pueblo aislado– suponían un obstáculo para los trámites de los envíos.

¿Dónde estaba la casa?, ¿en qué lugar perdido?, ¿en qué campo?, le pregunté a Tomás.

–¿Te suena un pueblo que se llama Burgo de Osma? –me preguntó él–. Pues por ahí.

Me imaginé una casa muy apacible, un paisaje tranquilizador. Grupos de árboles –olmos, hayedos, abedules–, caminos que atraviesan campos de diferentes tonos de verde, mesones donde comer y beber bien y en abundancia, lomas, ondulaciones, casas antiguas, construcciones recientes.

¿De qué me sonaba Burgo de Osma? Quizá nunca había estado ahí. Tenía la vaga idea de que se trataba de un pueblo grande, cargado de historia, que se atravesaba o se dejaba de lado. Un pueblo que te encontrabas de repente y te preguntabas cómo sería la vida allí.

Tomás Hidalgo también se tomó con calma la lectura del manuscrito. Si su prima, una vez que se lo había anunciado, había tardado tanto en enviárselo, no había por qué apresurarse.

La carpeta se quedó algún tiempo sobre la mesa de despacho de Tomás, una mesa cubierta de papeles, de libros, de otras carpetas. A Tomás le gustaba diversificar y ampliar continuamente sus intereses y aficiones.

El momento, al fin, llegó. Empezaba el calor. Se sentía algo desganado. Los veranos le irritaban. Toda esa prisa de la gente por marcharse de vacaciones, ¡qué locura!, ¿de qué huían?, ¿qué buscaban?

Estaba sentado en su butaca de cuero. La carpeta, sobre la mesa, se encontraba al alcance de su mano. La cogió sin una intención concreta, solo para comprobar las muchas cosas que había a su alrededor, a la espera de que les dedicara algo más de atención, cosas que le llenaban la vida, que la hacían siempre entretenida y amena.

Leyó la novela de un tirón.

–¿Qué sé yo de novelas? –me dijo por teléfono, a última hora de la tarde–. Cuando te pases por aquí, te la llevas. Algo tendré que decirle a mi prima.

No corría prisa. Esta clase de cosas no cambian el mundo.

Días después, visité a Tomás. Se me olvidó preguntarle por el manuscrito. A él también se le olvidó mencionarlo. Era ya pleno verano cuando, tras otra visita a mi amigo, me traje la carpeta a casa.

–El ingeniero hace años que murió –dijo Tomás al poner la novela en mis manos–. De la mujer a quien mis primos llaman Laura no se sabe nada. Ni siquiera puede asegurarse que haya existido.

A mi favor lo digo: leí la novela enseguida. Deprisa la primera vez y luego, durante el largo verano, que pasé en un lugar perdido –no como el de la novela, sino lleno de verdes, de humedad y de olor marítimo–, mucho más despacio. Estaba solo. No tenía ningún proyecto entre manos y, si los tenía, no suscitaban en mí el suficiente interés. Leí y leí y, después, me puse a escribir. Fue algo que me salió de dentro sin apenas pensarlo. Aquel manuscrito vino, creo, a llenar un hueco que se había abierto en mi interior y que se negaba a cerrarse. Había caído en mis manos y no era de nadie. Lo hice mío.

Así se sucedieron los días de aquel verano. El rato diario que dedicaba a la reescritura de la novela era el hilo que tiraba de mí. Me impuse esa obligación, me dejé llevar por ese capricho. Nadie me lo pedía, pero nadie podría, tampoco, reprobármelo. Reescribí palabra por palabra lo que aquella mujer desconocida escribió.

Como los parientes de mi amigo Tomás, yo también pienso que se trata de una mujer. Me parece bien que la llamen Laura, aunque yo no tengo ninguna necesidad de darle un nombre. No sabría decir por qué pienso que se trata de una mujer. Muchas veces me equivoco con estas cosas.

Algunas páginas estaban algo borrosas. La impresora debía de ser vieja y tenía sus fallos. De todos modos, el texto era legible. Me he tomado ciertas libertades, tratando siempre de respetar al máximo el espíritu del texto, pero no quiero abrumar a los futuros lectores con la labor de edición que tan gustosamente asumí. Había –y quizá siga habiendo, porque yo también tengo mis fallos– ciertas incongruencias sintácticas y alguna coma mal puesta. Buena parte de los puntos seguidos se han convertido en puntos y aparte. Como escritor de literatura juvenil, les doy importancia a los espacios en blanco. Proporcionan aire a la narración. Los nombres, los he dejado como estaban. Yo creo que son falsos, que, si esas personas existieron, no se llamaban así. Y puede que no existieran, puede que la autora se lo inventara todo.

En las primeras páginas de la novela, se hace mención a la Guerra Civil. Según parece, el padre de la narradora –Leonor– se alistó en el bando nacional cuando tenía dieciocho años. Eso nos permite fijar el relato en el tiempo.

En cuanto a los escenarios, se habla de una ciudad sin nombre, y de Madrid, se nombran algunas calles y plazas, aparece un pueblo llamado Larroque, se menciona un internado de Bilbao, lugares conocidos, reales, o lugares inventados, podría ser. Algo habitual en muchas novelas, como bien observó la prima de Tomás Hidalgo.

Puede que haya otro tipo de incongruencias. Los escenarios, los nombres, las fechas, las estaciones... Pero no me ha importado demasiado que existan lagunas, o que nos perdamos un poco en el tiempo. Sucede en la vida y yo soy un escritor que habla de la vida. Estos defectos los paso un poco por alto.

La narradora dice más de una vez que está escribiendo una novela. Incluso, en cierto momento, llega a calificarse a sí misma de novelista. En algunas, muy pocas, ocasiones hace referencia a su presente. A propósito de ciertas reflexiones algo melancólicas sobre su madre, habla de los hijos y del amor que se les tiene. A veces, se proyecta sobre las páginas la sombra de un hombre con quien, según deja caer, aún se relaciona, si bien no especifica cómo. Puede ser su marido, el padre de esos hijos a los que antes había hecho referencia.

En cuanto a la autora, esa mujer a quienes los parientes de Tomás dieron el nombre de Laura, quedan en el aire muchas preguntas. ¿Qué papel tuvo en su vida el ingeniero? En el manuscrito no aparece. ¿Fue un amigo?, ¿algo más que eso? Del ingeniero no sabemos nada. Era un hombre de pocas palabras. Vendió la casa y se fue, no dijo adónde. Al cabo, alguien dijo que había muerto. Se habló, incluso, de unas esquelas aparecidas en un par de periódicos de gran tirada. Todo indica que Laura pasaba en casa del ingeniero algunas temporadas y que fue allí donde escribió la novela, pero ¿qué les unía? A mí, que soy escritor de novelas juveniles y, en el fondo, un romántico, me gusta pensar que era el amor.

La edición me ha planteado muchas dudas, pero he considerado que, aun a riesgo de equivocarme, tenía que seguir adelante, porque, una vez encontrada, la novela olvidada reclamaba, a mi entender, interlocutores. Es verdad que, en cierto sentido, la he hecho mía, y que esa escritora, Laura, se fue haciendo parte de mí. Ella y yo hemos seguido atentamente los pasos de Leonor, la narradora, y, acertadamente o no, le hemos ido proporcionando lo que nuestra experiencia como escritores nos ha enseñado. Hemos acudido a ciertos recursos que, en mi caso, he utilizado por primera vez y de los cuales no estoy del todo seguro, pero mi propósito de seguir adelante con la empresa ha dejado de lado, aunque sin perderlas del todo de vista, estas vacilaciones. Como escritor, cuento siempre con ellas. Quizá porque en la vida me acompañan siempre.

2. LA NOVELA OLVIDADA. UNA MUJER ENFADADA

La tía Leonor, hermana de mi padre, dejaba caer de vez en cuando una frase solemne dicha en tono terrible. Su tono, por lo general, era terrible, porque, más que hablar, gritaba. Estaba siempre enfadada con el mundo entero y, sobre todo, con mi padre, quien, por su parte, también estaba siempre enfadado con ella. En cuanto se veían, hacían ostentación de lo mal que se llevaban y competían entre ellos en demostrar el peso de su responsabilidad en aquella magna desavenencia. Ambos estaban dispuestos a cargar con la culpa. Los dos se complacían en considerarse malévolos, ingratos y egoístas. Cuando hablaban de sí mismos, decían las mismas cosas. No soportaban parecerse, y cuando se encontraban frente a frente no tenían más remedio que insultarse.

Todos sabíamos que se admiraban con la misma intensidad. Y por algo por lo que los demás llegábamos a veces a aborrecerlos: por su indomable fortaleza. No se aguantaban, pero estaban satisfechos de sí mismos, creían en sus derechos y los defendían rabiosamente. Parecían pensar que el resto de la humanidad vive en la incertidumbre del propio valor, que ellos eran los únicos en saber con precisión –y con orgullo– lo mucho que valían. Por descontado, eso era una virtud. Les debía de parecer extraño que los demás no la tuviéramos. Ni siquiera aspirábamos a tenerla. Podíamos envidiarles, pero creo que, en el fondo, ninguno de nosotros, los familiares más directos, queríamos ser como ellos.

En las escasas ocasiones en que mi padre y su hermana se aliaban, presumían de la vida difícil que les había tocado en suerte y del destino que habían conseguido domar. Nuestros abuelos paternos habían muerto en un sanatorio para enfermos de tuberculosis un año antes de la guerra. Casi a la vez tuvieron que afrontar dos cosas, la orfandad y la guerra. Y, algo después, una tercera: la amenaza de ruina.

Al estallar la guerra, mi padre, con los ojos cerrados, tomó una decisión. Recién cumplidos los dieciocho años, se alistó en el bando de los sublevados y se marchó al frente. Apenas dio señales de vida durante los tres años que duró la guerra. Postales, misivas. Entre tanto, Leonor, que no tenía quien la controlara, se convirtió, pasando muy rápido por las tribulaciones de la adolescencia, en una joven audaz y apasionada, dispuesta a ponerse el mundo por montera. Así se describía, tiempo después, a sí misma.

Cuando la guerra finalizó y mi padre regresó, triunfante y lleno de moral, a su casa, tuvo que hacerse cargo del negocio familiar –algo ligado con muebles, con puertas y ventanas–, lo saneó un poco y se deshizo de él. Consiguió un empleo en una empresa que se dedicaba a la destilería de alcoholes, se enamoró de la joven que luego fue mi madre y decidió formar una familia. A la que pertenezco: cinco chicas y un chico. Isabel, Eugenia, Virginia, Celia, yo misma –Leonor–, que llevo el nombre de mi tía, y Rafael.

A mi padre no le resultó fácil deshacerse de su hermana. Durante los largos años de la guerra, Leonor, dueña de una espesa mata de pelo rojizo y de unos dulces ojos pardos que derivaban hacia el verde, se había dedicado –por lo que se veía, con eficacia– a alborotar al vecindario, al barrio y a quien se le pusiera por delante. Los años de libertad de los que había disfrutado mientras en los frentes de batalla se luchaba a muerte habían dado como resultado un carácter firme e independiente que no auguraba nada bueno. Al fin, apareció quien parecía ser el pretendiente adecuado. Felipe Colomer. Su familia tenía tierras y, aunque hablaba entrecortadamente, era listo. Se enamoró perdidamente de Leonor, pidió su mano y Héctor Arranz, mi padre, les dio la bendición.

Héctor Arranz. Así lo llamaba mi tía antes de lanzar una de sus declaraciones de guerra:

–Héctor Arranz –clamaba–, te digo que ya no puedo más. –Alzaba el tono y gritaba a pleno pulmón–: ¡No puedo más!

Desde que tengo memoria, el tío Felipe y la tía Leonor –mi padre decía: los Colomer– vivían en el piso principal, que había sido el de los abuelos, ella rodeada siempre de hijos pequeños que trataban de aferrarse a sus faldas y a quienes, según recuerdo, daba patadas, a la defensiva. Dios sabrá por qué, pero mi padre había preferido instalarse en el último piso, que estaba provisto de una gran terraza y desde el que, además, podía subirse a una azotea enorme por una escalera estrecha y empinada que partía del descansillo. Un paraíso para nosotras.

La tía Leonor subía a nuestro piso con frecuencia, no a visitarnos, sino a desahogarse, a protestar. Tenía un problema del que no podía hablar delante de sus hijos: el tío Felipe le era infiel. Por lo visto, a la tía no le importaba que nosotros lo supiéramos, o quizá creyera –en parte, con razón– que no sabíamos lo que era la infidelidad. Me acostumbré a esta palabra antes de comprender lo que significaba. Nunca se lo pregunté a nadie.

En casa no se hablaba de los problemas conyugales de la tía Leonor. Sabíamos que estaba enfadada, furiosa, pero, al menos yo, no sabía bien por qué.

Además, aun cuando empezaran hablando del tío Felipe, acababan insultándose entre ellos, nuestro padre y ella.

–Te lo mereces –dictaminaba mi padre–. Te mereces todos los males que te ocurran. Y no tienes nada que hacer. Así que aguanta.

Sus voces atronaban la casa. Normalmente, se encerraban en el cuarto de estar, del que salíamos a un gesto de nuestra madre en cuanto la visita de la tía Leonor amenazaba con llegar a su clímax.

–Ha llegado el momento de la verdad –declaraba, llena de ira–. Me iré de casa. Me llevaré a los niños conmigo.

–¡Qué momento de la verdad ni qué ocho cuartos! –respondía mi padre, irritado–. No digas estupideces. No tienes donde caerte muerta, ¿de qué ibais a vivir?

Aquellas visitas intempestivas y siempre escandalosas de nuestra tía no nos desagradaban del todo, porque nos permitían evadirnos. Nuestra madre, que se sabía al margen de esa discusión, nos sacaba de casa. Bajábamos a la calle envueltos en el aire de buen humor que ella irradiaba. La idea de que en el interior del piso nuestro padre y la tía Leonor estuviesen librando una batalla, aunque verbal, lo suficientemente violenta como para parecer que en cualquier momento pudiera transformarse en algo físico, real, proveía a nuestra madre de una súbita calma.

Nos deteníamos en la pastelería de la esquina, donde servían café. Mientras mi madre se lo bebía despacio, nosotras conseguíamos sacar de quicio a la dependienta con nuestra indecisión para escoger el pastel. ¿Qué pensaba, qué sentía mi madre en tales ocasiones? Sus ojos miraban sin ver hacia el otro lado del cristal, a los paseantes que a veces se paraban un momento y la saludaban con la mano o una leve sonrisa. Pero ella estaba lejos, había retrocedido al tiempo en que ningún Arranz había entrado en su vida.

Sentada a la mesa de la pastelería o, más tarde, en un banco de la plaza de Castelar, debía sumergirse en una época lejana. Sonreía plácidamente con los ojos entrecerrados, disfrutando del sol, mientras nosotras nos llenábamos de polvo. Nuestros gritos no llegaban a sus oídos. Eran cosas de niñas, nada trascendentes.

Para nosotras lo eran. Peleábamos porque teníamos que habérnoslas con los grandes defectos de la humanidad, que estábamos descubriendo en nosotras mismas. Éramos egoístas, orgullosas, envidiosas y mezquinas. Las emociones nos dominaban y las exhibíamos sin ninguna consideración. No recuerdo a nuestro hermano Rafael en esas escenas. Quizá fuera demasiado pequeño y se había quedado en casa, al cuidado de Angelina.

La mirada de mi madre estaba teñida de benevolencia. No era extraño que unas niñas gritaran y riñeran entre ellas. Pero los gritos de mi padre y de la tía Leonor contradecían las convenciones que regían el mundo de los mayores.

Creo que aquellos momentos de calma al lado de nuestra madre impidieron que yo llegara a sentir auténtica antipatía hacia la escandalosa tía Leonor.

Mi madre y ella no eran amigas. Se observaban mutuamente con la absoluta falta de expresión con la que se mira aquello que no suscita el menor interés. Para la tía Leonor, nuestra madre era la sufrida mujer de su insoportable hermano, cargada de hijas a quienes habría que casar, prematuramente envejecida, puede que algo desilusionada, pero sin ningún rasgo perceptible de rebeldía. Para mi madre, la tía Leonor era un molesto huracán. Trataba de no ponerse dentro de su campo de acción. Sabía que, pese a los insultos y los nervios alterados, mi padre admiraba a su hermana del mismo modo que se admiraba a sí mismo, con la misma mezcla de orgullo y de desprecio. Mi madre aceptaba esos sentimientos, que ella era incapaz de albergar, como parte de la personalidad de nuestro padre, y derramaba sobre nosotras la calma que le daba el sentirse ajena y distinta a ellos.

3. ESPERANZAS FRUSTRADAS

Con el tiempo, la presencia en nuestra casa de la tía Leonor se fue diluyendo. O quizá fue que yo, al crecer, me fuera distanciando de los problemas que se palpaban a mi alrededor para centrarme, no sin angustia, en los propios. Hay mucha angustia en esos tramos de la vida, la adolescencia, el atisbo de la juventud. Todo sucede muy deprisa y da miedo quedarse al margen. No se dan las condiciones para ver las cosas con calma. Se ven desde el vacío, desde una vida sin hacer, y se aspira a tenerlo todo, a saciar toda la sed de curiosidad, de conocimiento y de amores incondicionales.

La tía Leonor, desde luego, seguía quejándose, pero creo que durante aquellos años subió con menos frecuencia a nuestro piso.

Hubo un día de bronca, ¿cómo no recordarlo? La voz de la tía Leonor atronaba la casa.

–¡Te digo que es verdad! –aseguraba, con la garganta rota–. ¿Cómo iba nadie a inventarse una cosa así? Eso me ha pasado por callarme, por aguantar... ¡Otra familia!, ¡ese es el premio, otra mujer y otros hijos! Nunca, ni en mis peores sueños, me lo hubiera podido imaginar. ¡Esto sí que no lo aguanto!

–¡Cállate de una vez! –tronaba mi padre–. ¡Me vas a volver loco! ¡A ti sí que no hay quien te aguante! ¿Cómo se te ocurre hacer caso de lo que oyes por la calle? La gente es mala, solo quiere fastidiar. ¿Qué es lo que sabes? ¡Nada! ¡Solo son rumores! ¡Calumnias, eso es lo que son!

–¡Es verdad!, ¡es verdad!, ¡es la pura verdad! ¡Ay, qué desgraciada soy! Tendría que haberle dado la patada hace tiempo, pero tú no me dejaste. ¡No eres un buen hermano!, ¡solo te preocupan las apariencias! Y yo, ¿es que yo no importo nada? ¡Nunca me has hecho el menor caso!, ¡no te has dado cuenta de lo que valgo, me lo han dicho más de una vez, hay mucha gente que lo sabe! ¡No me merecéis!, ¡ni tú ni él!

Se cruzaron todo tipo de insultos. No sé si llegaron a las manos. Algunos ruidos se oyeron, algo que se cayó, algo que se rompió.

Al fin, un grito y un portazo. La tía Leonor se había ido.

No supimos nada más. Ni Angelina, ni Rafael ni yo. Éramos los únicos que en aquel momento nos encontrábamos en casa. No estaban mis hermanas. Tampoco mi madre.

Fuera como fuese, la tía Leonor y el tío Felipe siguieron viviendo juntos.

Algunas veces pensé que fue de esas visitas de su hermana de lo que mi padre huyó cuando nos trasladamos a Madrid. El pasado quedó repentinamente atrás y los años vividos en mi ciudad natal –no puedo nombrarla todavía, como si creyera que, al pronunciar su nombre, yo pudiera aparecer en ella como por ensalmo y con la edad que tenía cuando me fui, y me estremecen las repeticiones, la amenaza de quedarme atrapada en una burbuja del tiempo– se fueron reduciendo a una sola época, en la que es difícil distinguir los años.

Crecí, y vi crecer a mis hermanas mayores, las fui viendo cada vez más lejos de mí, entregadas a sus indagaciones, a sus ambiciones. Me dediqué a mimar a mi hermano Rafael, el único que me necesitaba. Celia, que ni siquiera me llevaba dos años, recurría algunas veces a mí, pero se alejaba enseguida, fatalmente atraída por unas subterráneas corrientes poderosas que la llevaban de aquí para allá.

Todas se casaron, mis cuatro hermanas mayores. Isabel, Eugenia, Virginia y Celia. Isabel ni siquiera se planteó emprender una carrera universitaria. Fue la primera que se casó. Eugenia y Virginia sí estudiaron. Como en casa siempre se había dicho que Eugenia tenía muy buena cabeza, hizo estudios de Secretaría o Administración, algo así. Tenía dotes. Le gustaba mandar y la parte del armario que le correspondía cuando vivía con nosotros estaba siempre perfectamente ordenada. Virginia estudió Bellas Artes. Era artista, siempre se supo. Quedaba Celia, una cabeza loca. Anunció su boda el mismo día de la boda de Virginia. Lo curioso fue que se casaron siguiendo el orden marcado por las fechas de sus nacimientos.

La tía Leonor llamaba algunas veces por teléfono, pero ya no era lo mismo. Al fin y al cabo, se encontraba en su casa, ahora muy lejana, y su voz, grave y airada, debía dominarse. Siempre preguntaba por mí, me decía mi madre. Yo había sido su sobrina predilecta. El hecho de que mi padre le hubiera puesto su nombre a la quinta de sus hijas le parecía una especie de homenaje encubierto. Por poco se queda sin poder hacerlo, ya que en el sexto y último alumbramiento vino al mundo un niño. Ella solo había tenido varones, de forma que, de no llevarlo yo, su nombre se hubiera perdido de vista.

Había otra cosa que, según declaraba, la ligaba a mí. Ella se definía como fantasiosa, y estaba convencida de que yo había heredado su capacidad de soñar. A veces, decía: «Esta niña nos va a dar muchas sorpresas». Y aún escuché de su boca, más de una vez: «Se diga lo que se diga, Leonor es la más lista». Yo pensaba que, en realidad, se refería a sí misma. Me quedaba enredada en ese «se diga lo que se diga» tan ambiguo.

Mi madre me fue a buscar a mi cuarto y me dijo que la tía Leonor se encontraba al otro lado del hilo telefónico, que habían hablado un rato y que, antes de despedirse, había preguntado, como de costumbre, por mí. Pero en esa ocasión se trataba de algo más: quería hablar conmigo.

Salí al pasillo, donde entonces estaba el teléfono –negro, colgado de la pared– y saqué una silla de mi cuarto. Mejor escuchar sentada.

Muy educadamente, la tía Leonor se interesó por mis estudios. Yo acababa de empezar, con poco entusiasmo, Filosofía y Letras, y zanjé ese asunto de forma rápida.

–¿Te acuerdas de la tía Herminia? –preguntó.

Sabía de su existencia, desde luego. Estaba emparentada con el tío Felipe y era dueña de una fortuna fabulosa. Él era su legítimo y único heredero. En las conversaciones con mi padre, el asunto salía a relucir. «Acabarás siendo muy rica», decía mi padre. «Es cuestión de tiempo. Solo debes tener un poco de paciencia. El dinero lo arregla casi todo.» Ese argumento calmaba a mi tía. Después de haberse desgañitado en gritos y llantos, decía, muy serena, con la voz un poco cavernosa: «A ver si esa bruja se muere de una vez».

–Pues se ha muerto –dijo mi tía, y enseguida subió de tono–. ¡Y no nos ha dejado nada! ¡Nada en absoluto! Se lo ha dejado todo al administrador, Ramiro Salas, un hombre que tenía el don de la ubicuidad y que, hasta cierto punto, era invisible. Se paseaba por la casa como un fantasma, escudriñándolo todo. ¡Bien sabía él lo que le esperaba! Estoy desesperada. Tus primos ya viven por su cuenta. No me hacen el menor caso. Yo ya no cuento para ellos. ¡Esa herencia ha sido siempre mi mayor esperanza!, ¡la única! ¿Qué puedo hacer? –Su voz se quebró en un sollozo de rabia.

Me vinieron a la cabeza sus viejos y airados discursos salpicados de frases solemnes. Ese era, sin duda, uno de esos «momentos de la verdad» a los que hacía frecuente referencia.

–¡No tengo con quién desahogarme! –siguió–. Eso casi es lo peor. Ya conoces a tu tío. Ahora dice que él nunca ha creído mucho en esa herencia. Por eso quería hablar contigo, porque sé que tú me entiendes. Es todo muy extraño, ¿qué había entre ellos? Ese Salas es un hombre siniestro y la tía Herminia era una mujer muy rara, yo creo que algo retrasada. ¡Vaya jugada! –exclamó, casi con admiración.

La tía Leonor me dijo luego que me iba a enviar fotos y cartas y no sé qué cosas más de su tía Herminia. Estaba interesada en conocer mi opinión. Solo pedía eso de mí. Que alguien compartiera, si no su ira, al menos, su estupefacción. Que alguien le diera una razón para aquel hecho infame.

Nada más colgar el teléfono, fui al cuarto de

estar, donde mis padres trataban de digerir la noticia. Ni siquiera mi padre, toda la vida en contra de su hermana, podía reprimir su contrariedad. Por una vez, comprendía la indignación de su hermana.

–Qué mala suerte –comentó.

Había contribuido a fomentar las expectativas de la tía Leonor. También él se sentía engañado.

–Ese Salas... –murmuró–. Hubieran debido sospechar de él.

–¿Y de qué les hubiera servido? –repuso mi madre.

–Cuando se tiene conocimiento de algo, se puede reaccionar. De lo contrario, estamos perdidos –dijo mi padre, a quien irritaba el fatalismo–. Pero ahora las cosas no se pueden cambiar. Mi hermana se quedó sin herencia. No hay que darle vueltas. Lo único que ahora quiere es que hablemos de ella, que nos lamentemos con ella.

Se quedó un momento pensativo y añadió:

–En todo caso, yo creo que no estaba bien de la cabeza, la dichosa tía Herminia.

Poco después, dijo, con el ceño fruncido y dirigiéndose a mí:

–Mi hermana es una lianta. No le hagas el menor caso. La conozco muy bien, te ha escogido como confidente. Típico de ella. En fin –declaró, dejando sus ojos clavados en mí–. A lo mejor sacas algo de estas historias.

4. UN ALMA IMPASIBLE

Al cabo de un mes, recibí un paquete de la tía Leonor: fotografías, felicitaciones de Navidad, postales, cartas. En la carta que me escribía ella, mucho más extensa que las de doña Herminia –así fue como empecé a llamarla yo–, se explayaba. Ahí estaban sus propias opiniones sobre la señora y algunos datos. Más juicios de valor que datos. Bajo las frases, bastante bien trabadas, de mi tía, se sugería una vida donde la codicia, el resentimiento y, tal vez, los deseos carnales, satisfechos o no, habían encontrado un buen campo de cultivo. Eran pasiones que se habían formado poco a poco dentro del recinto de la finca. Villa Delicias. Un nombre cargado de sugerencias.

Vistas las imágenes que representaban a doña Herminia, se podía concluir que no había sido ni guapa ni fea. Sus rasgos eran regulares, pero carecían de toda gracia. Era perfectamente vulgar, pero, con el tiempo, la vulgaridad, de forma misteriosa, había dado paso a una especie de consistencia que no podía pasar desapercibida. La doña Herminia de la última época tenía una presencia casi imponente. En una de las fotografías, doña Herminia, de medio busto, miraba al frente, segura de sí misma, incluso orgullosa de ser quien era. Llevaba un peinado algo complicado para ser una dama solitaria. Por sus ojos asomaba una conciencia inalterable. Su altiva cabeza reposaba sobre unos hombros anchos y redondos como una pieza encaja en otra que ha sido ideada para eso y para nada más. Como todos los trajes de la época, el vestido era oscuro, austero, pero el bordado de la pechera delataba cierta coquetería. En todo caso, doña Herminia no daba la impresión de haber sido una solterona desaseada. Se diría que aquella bendita señora no había necesitado, para afrontar la vida con seguridad, las frases galantes de un admirador, una ocupación en la que brillara su inteligencia o unos afectos sólidos que colmaran su corazón. Había nacido así, con el alma impasible. La sola y poderosa razón de unos hipotéticos cofres llenos de dinero le había conferido, desde el mismo momento de su nacimiento, un salvoconducto para pasar por el mundo sin zozobra.

¿Qué años tenía Herminia en aquella fotografía? Aún no se había convertido en doña Herminia, aunque eso estaba a la vuelta de la esquina. Alrededor de los cuarenta, con bastante margen, por arriba y, sobre todo, por abajo. Quizá doña Herminia nunca hubiera tenido el aspecto de una verdadera anciana. Me la imaginé, ya con muchos años, sin arrugas en la cara. La absoluta falta de expresión de sus ojos hacía pensar que, hasta el momento, su dueña no había conocido la menor alteración emocional. El significado de la palabra «emoción» le debía ser desconocido, o bien pensaba, o daba por hecho, que la rutina de su vida limitada y sencilla resumía el mensaje de la vida.

Doña Herminia, según relataba con cierta soltura la tía Leonor, solo había traspasado los límites de Villa Delicias en ocasiones de excepción. Los domingos para ir a misa de doce, desde luego. Había habido también algunos actos solemnes para los que las autoridades oficiales del pueblo habían reclamado su presencia. Sin abusar: todo el mundo sabía que doña Herminia se fatigaba. Era una enfermedad que tenía desde niña y que en la casa se consideraba un asunto de gran relevancia. De ningún modo había que agravarla. Esa era, se decía, la razón por la que la vida de Herminia había estado sujeta, desde el principio, a tantas restricciones. Hija única y futura depositaria de la herencia de sus padres, estos la trataban como si fuera un ejemplar raro y precioso de la especie humana. Ella, por su parte, no les había causado a sus padres el menor problema. Solo el de la fatiga, cuya causa nunca se pudo averiguar, por muchos que fueron los médicos consultados. Nadie dudaba de que fuese real, la imaginación de Herminia no era capaz de fingir. Si decía que se cansaba era porque se cansaba. Sus institutrices, venidas de diferentes lugares del mundo, no conseguían interesarla demasiado en las materias que les tocaba impartir. Algo aprendió Herminia, de todos modos.

Recibió lecciones de piano y de violín, leyó algunos capítulos de las grandes obras de la literatura universal y versos de los más destacados poetas, dibujó flores sencillas, deslizó el pincel de las acuarelas sobre una lámina de papel grueso y trató de plasmar el movimiento de las olas del mar, que no había visto, aprendió a hilvanar la aguja y a pasarla por la tela tensa del bastidor hacia dentro y hacia fuera. Algunas cosas más: palabras y frases sueltas en francés y en alemán, el nombre de algunas flores, de ciertos árboles, de algunas ciudades europeas. Con el tiempo, doña Herminia presumía de aquellas institutrices y de la vasta cultura que habían traído a su casa.

Otra de las fotos que atraparon mi atención fue la que mostraba a Herminia niña flanqueada por sus padres, doña Inocencia y don Ramón. La señora, resplandeciente, posaba la mano sobre el hombro de la niña, que nunca alcanzaría su belleza. Miraba al frente con una media sonrisa, una sonrisa de labios cerrados. Don Ramón, que por la edad podía ser el padre de su deslumbrante esposa, posaba –y miraba, también, al frente– con un aplomo que, sin duda alguna, había sido el germen de lo que en su hija se convirtió en impasibilidad. El aplomo que transmitía don Ramón se combinaba con un extraordinario brillo, de inteligencia o de ambición, en los ojos.

Ahí estaba la historia, la clave de la familia. En esa foto. La podías mirar durante horas –nunca llegué a tanto– y pensar que no la habías mirado lo suficiente, que todo estaba allí.

La tía Leonor no había llegado a conocer a los padres de doña Herminia, pero sabía, como lo sabía todo el mundo, que doña Inocencia era rematadamente tonta. Su sonrisa algo enigmática no respondía, finalmente, a ningún enigma. O quizá sí, al enigma de lo impenetrable. La bella señora no sentía la menor necesidad de hacer ostentación de su riqueza. «Sus ambiciones», si podían llamarse así, se habían colmado al haber hecho la mejor boda del pueblo. La vida social no le suscitaba el menor interés. Nunca, que se recuerde, dio una de esas fiestas que producen asombro y envidia en conocidos y desconocidos. No sentía debilidad por las telas ni por la última moda de París, aunque, finalmente, acabó pidiendo telas a los comerciantes, cediendo a su insistencia. Era perezosa y un poco tacaña, en absoluto consciente de las dimensiones de su fortuna. No sabía gastar. Los números la horrorizaban. Cuando se los ponían delante, se sentía atrapada, cargada de responsabilidades, casi en situación delictiva.

La estupidez de doña Inocencia exasperaba a mi tía Leonor. Si hubiera sido una mujer inteligente, ella misma hubiera llevado las cuentas de la casa y hubiera enseñado a su hija a hacerlo. Doña Inocencia tenía, al fin, la culpa de que la tía Herminia, años después de la muerte de sus progenitores, hubiera puesto la administración de sus bienes en manos de ese hombre horrible, Ramiro Salas, la sabandija. Las cosas no pasan porque sí. Siempre tienen una causa. La bendita señora había considerado que se puede pasar por la vida desentendiéndose de todo cuanto significara deberes, pagos y responsabilidades. Sin duda, cuando se miraba en el espejo –cosa que hacía continuamente, ya que la casa estaba llena de espejos– pensaba, satisfecha, que ya no había nada más que hacer. Gracias a su hermosa cara, se había casado con Ramón Fontán, el indiano, el mejor partido de la comarca. Bien podía esbozar una sonrisa cuando se encontraba con su propia imagen al otro lado del espejo.

Doña Herminia se sentía orgullosa de la belleza de su madre. Que nadie hablara en su presencia de que tal mujer era guapa o de tal actriz de moda. Sonreía con displicencia. Ella sí sabía quién había sido bella en este mundo. Había tenido la suerte de conocerla: su madre. En la inmensa casa, no había cuarto en el que hubiera, al menos, dos retratos de doña Inocencia. Los espejos en los que doña Inocencia se había mirado tantas veces, sumamente complacida, habían sido sustituidos, en buena parte, por los retratos de la insigne señora. Herminia sabía que no se parecía a su madre. Nunca se le hubiera ocurrido competir con ella. La belleza de doña Inocencia les había hecho a todos más felices. Eso también irritaba a mi tía. Pero resultaba coherente. Al fin y al cabo, con la belleza de doña Inocencia pasaba lo mismo que con la fortuna que don Ramón había amasado y que había caído sobre los hombros de Herminia sin que ella lo hubiera pedido. De un modo parecido, la belleza de doña Inocencia caía sobre sus hombros y minaba toda su figura.

En las cartas y en las felicitaciones de Navidad, no encontré nada relevante. La letra de doña Herminia, grande, picuda y ligeramente inclinada hacia la derecha, era muy semejante a la de cualquier señora de la época, y cuanto expresaba respondía a las normas de esa clase de felicitaciones. Nadie podía formarse una opinión a partir de esos datos. Ese fue mi parecer, pero yo no era ninguna experta en esa clase de asuntos. Las adivinanzas siempre se me han dado mal. Creo que me fijo en detalles y cosas distintas de las que llaman la atención de muchas personas, y eso que ellas toman como lo principal me pasa, habitualmente, desapercibido. Esta es una brecha que no consigo cerrar.

Sin embargo, la tía Leonor, ya fuera basándose en esos datos –la letra, el escaso contenido que en las cartas y postales se percibía–, o en otros que había ido reuniendo por su cuenta, sí se atrevía a formular una opinión. Concluía su carta con un juicio terminante: doña Herminia hubiera debido ser internada en una institución para deficientes mentales. «Locos», «manicomio»..., esas eran las palabras que empleaba. Lo había hablado alguna vez con el tío Felipe, pero ¿quién podía tomar la iniciativa? El tío Felipe, no, de ninguna manera. Él lo dejaba todo pasar, que las cosas fueran a su aire. No se podía cambiar el curso de las cosas. El destino es así, implacable.

Los últimos años de la vida de doña Herminia, se lamentaba mi tía, habían estado presididos por la sombra siniestra de ese hombre malévolo, Ramiro Salas. Tenía a todo el servicio de la casa en un puño, pero palidecía y casi temblaba en presencia de la señora. Jamás se sentaba a la mesa del comedor, probablemente comía solo, en su cuarto –la tía Leonor no se lo imaginaba en la cocina–, pero, con la excepción de las horas de las comidas, estaba siempre ahí, muy cerca de doña Herminia, muchas veces invisible, pendiente, sin duda, del mínimo gesto de ella. Surgía como de la nada. Así, de esa manera silenciosa, se había hecho con el mando de la casa y de toda la hacienda. Había conseguido hacerse imprescindible.

En una ocasión –relataba la tía Leonor, que había presenciado la escena– la señora lo llamó y nadie pudo encontrarlo. Doña Herminia estaba estupefacta. Al fin, apareció. El administrador entró en la sala y, aunque la señora tuvo que haberlo visto, aunque un poco de refilón, no volvió la cabeza hacia él. El hombre fue, paso a paso, muy despacio, a ponerse delante de ella, pero doña Herminia no se dignó mirarle. Ramiro Salas balbuceó una excusa. La señora alzó la mano, abierta, con la palma hacia él. Le mandaba callarse. «Todos lo entendimos muy bien», escribía la tía Leonor. «Cuando nos fuimos, aún no le hablaba. Quién sabe durante cuánto tiempo no le dirigió la palabra», añadía.

Leí la larga carta de mi tía más de una vez. Así estaban las cosas: la herencia de doña Herminia, tantas veces esgrimida como la razón principal por la que, según mi padre, la tía Leonor debía de soportar las infidelidades del tío Felipe, se había esfumado. Había allí algo paradójico, algo que tenía que ver con infidelidades y traiciones y tiempos de espera. Doña Herminia les había traicionado. Sobre todo a ella, a la tía Leonor, que había puesto todas sus esperanzas –pregonaba ahora– en recibir aquella herencia de dimensiones fantásticas como premio a su paciencia conyugal. Pero, en el fondo, las emociones profundas suscitaban toda su admiración. En su primera juventud, ella había sido así, una joven que escapaba a todo control. Casada luego con ese hombre infiel e impasible, había llegado a la madurez llena de resentimiento. Doña Herminia le acababa de jugar una mala pasada. Había algo misterioso, una fuerza muy poderosa, en aquella sorprendente jugada. Una pasión. Ahora ya no se sentía capaz de perdonar las continuas traiciones del tío Felipe. Ella misma podía dar rienda suelta a su pasión, que había cobrado la forma de una gran curiosidad. No lo podía remediar, se sentía atraída por el extraño personaje que era doña Herminia. Quería indagar, desvelar el misterio, penetrar en la vida de doña Herminia y saber qué relación la había ligado con el administrador.

Toda infracción, toda perturbación, toda anormalidad cabían en la cabeza de mi tía Leonor. Había pasado buena parte de su vida clamando contra ellas y proclamándose, a su vez, víctima de las convenciones sociales y de las apariencias. Su imaginación siempre iba más lejos. El sometimiento de las normas había convivido en su interior con el deseo de mandarlo todo a paseo. En cierto modo, eso era lo que había hecho doña Herminia. Había quebrado las leyes de la familia. Ya muerta, ¿qué le podía importar el escándalo? Las vidas que parecen plácidas pueden ser muy turbias. La tía Leonor se hubiera contentado con eso: saber hasta qué punto eran turbias. Leía las frases que había escrito doña Herminia, escudriñaba su letra, se detenía en comas, acentos y puntos, en busca de pistas que le dijeran qué vida escondían.

5. PETICIÓN DE AYUDA

No sé con qué frecuencia hablaba por teléfono mi tía Leonor con mis padres. Tengo la impresión de que más con mi madre que con mi padre. Supongo que seguía preguntando por mí. Yo le había escrito, con un poco de retraso, una carta en la que le resumía mis impresiones sobre doña Herminia. Me parece que no me explayé mucho. En casa, cuando alguien hacía mención de mi tía, se decía: «la pobre Leonor», «la mala suerte de Leonor». Un marido infiel y una herencia que le había sido arrebatada. Parecía un asunto que había sido zanjado, una historia que había acabado mal. Había que aceptarlo como tal. La vida tiene sus dosis de fatalismo y a veces caen enteras sobre el destino de una sola persona.

Cuando, al cabo de unos meses, la tía Leonor llamó por teléfono y preguntó directamente por mí, me dije que, por lo que yo podía recordar, ella no había acusado recibo de mi carta.

La voz de mi tía sonaba alegre al otro lado del hilo telefónico. Me agradeció mi carta.

–Tus comentarios siempre son inteligentes. Tienes el buen gusto de no mostrarme compasión –dijo, y esperó a que yo dijera algo.

Algo dije, unas palabras poco coherentes, solo para rellenar el hueco de ese silencio.

–Me ha llamado ese hombre, Ramiro Salas –me comunicó, con excitación–. Fíjate qué sorpresa. Me quedé sin habla. Si había una llamada que no me esperaba era la suya. La cosa es que, antes de que dijera su nombre, la voz me resultó familiar. ¡No me lo podía creer!, ¿qué hacía ese hombre allí, al otro lado del hilo telefónico?, ¿qué podía querer de mí? Porque había preguntado por mí, no por el tío. Dijo que tenía un regalo para mí, un recuerdo de la tía Herminia. ¡Uf!, no se me ocurría nada que decirle. Un regalo, ¡vaya por Dios!, ¿a modo de consolación y pasados tres meses de la muerte de la bendita señora? Eso era exactamente, la tía Herminia había dejado por escrito esa petición –o esa orden– que el administrador debía cumplir a su buen criterio. No sé si ese era el único encargo que le había hecho, no se lo pregunté. El caso era que él deseaba cumplir la voluntad de la señora, y quería saber si yo prefería que me enviara el regalo o ir yo misma a recogerlo. Si es que me decidía a ir a Larroque, podía escoger, si ese era mi deseo, alguna cosa más entre los muchos y valiosos enseres que había en la casa, algo que me gustara especialmente.

La tía Leonor hizo una pausa. Detecté un ruido. Quizá se estaba sirviendo agua, que luego bebió, fuera o no fuera agua.

–Lo cierto es que la bendita señora tenía muebles y objetos muy valiosos –prosiguió mi tía, más calmada–, una verdadera colección de antigüedades, unas de más valor que otras, pero todo de cierta importancia, de categoría. Suena absurdo, pero se me ha pasado por la cabeza ir. No se lo he comentado al tío, no me atrevo. Le parecería una locura, ¡ir a Villa Delicias, después del fiasco del testamento! Pero necesitaba comentarlo con alguien, ¿qué te parece a ti? He quedado en llamar a ese hombre, Ramiro Salas. Le dije que me lo pensaría. Hasta le di las gracias, ¿qué otra cosa podía hacer? Al fin, es un hombre educado. No me gusta nada, no siento la menor simpatía por él, pero la verdadera culpable de este desastre es la tía Herminia. Dime qué piensas.

Lo que yo pensaba era que la tía Leonor quería ir a Villa Delicias. Volver al escenario del crimen, al lugar en el que se había cometido aquella injusticia, donde se había fraguado aquel hecho inaudito de la cancelación –¡la usurpación!– de la herencia largamente deseada.

–¿Y si fuéramos las dos? –sugirió, en un tono de voz casi tímido, impropio de ella–. Tengo curiosidad, no lo puedo remediar. Pero no me atrevo a ir sola. El tío tampoco lo permitiría. En cambio, si voy contigo, no pondrá demasiadas pegas. Dirá que es una excentricidad, pero lo aceptará. Ya sé que es pedirte mucho, pero, no sé, quizá sea interesante para ti, con esa mente y esa imaginación que tienes. La finca es impresionante, más aún que la casa y todos sus muebles. Desde luego, yo me haría cargo de todo. Te sacaría el billete de tren y te iría a recoger a la estación. De ahí al pueblo son dos horas como mucho. Solo serían dos días. Si vamos un fin de semana, no pierdes ninguna clase.

Le dije que me lo pensaría. Era lo que la tía Leonor había contestado a Ramiro Salas. Ella quería ir. Yo no estaba nada segura. ¿Para qué y por qué había de embarcarme en esa aventura? No tenía ningún compromiso con la tía Leonor, que, además, tenía cuatro hijos de los que echar mano. Pero eso no se le pasaba por la cabeza. Sus hijos –lo decía ella siempre– iban a lo suyo, sus novias, sus amigos, sus músicas. Apenas si podía hablar con ellos.

–En todo caso, habría que dejar pasar enero y febrero para evitar las heladas –concluyó la tía Leonor–, así tienes tiempo para pensarlo.

Había algo en su voz que transmitía seguridad. Quizá fuera una treta, pero parecía convencida de que, pese a mi reticencia inicial, acabaría por acompañarla.

¿Me leía el pensamiento? Yo sabía que sí, que iría con ella a Villa Delicias. No estaba segura de querer ir, pero iría. Había un buen número de razones que me empujaban a realizar el viaje. Quizá fueran todas vagas e insuficientes, pero ahí estaban. Una de ellas era que había empezado a escribir una novela. Hasta el momento, había escrito poemas y cuentos, pero me había entrado la necesidad de la continuidad, de perderme un buen tiempo en el laberinto de una historia. Vivir en ese refugio. Estar escribiendo una novela mientras la vida seguía su curso. La vida me inquietaba demasiado, ¿seguía el curso que debía seguir?, pero ¿qué curso quería yo que siguiera? No lo sabía, no. Nada me convencía, nada me gustaba del todo. Las vidas de mis hermanas –las cuatro, ya casadas– no me resultaban atractivas. Me aburrían sus conversaciones. Mis hermanas, de pronto, no eran cuatro, sino una sola. Hablaban de muebles y de asuntos domésticos. Rafael, mi hermano pequeño, mi protegido, se había independizado de mí. Casi podía decirse que me rehuía. Quizá pensaba que eso era lo que tenía que hacer, romper los vínculos sentimentales más cercanos, echar a volar.

Pero ¿de qué tratan las novelas? No de eso, un confuso mundo interior. Al menos, no solo de eso. La tía Leonor me estaba proporcionando la posibilidad de un argumento. Esos extraños personajes que la obsesionaban también podían ser interesantes para mí. Quién sabe, conocer el escenario donde se había desarrollado la vida de doña Herminia a lo mejor me daba alguna idea. En principio, el escenario me atraía más que el personaje. El mismo Ramiro Salas, a quien, de realizar el viaje, conoceríamos, no me inspiraba mucha curiosidad. Estar tanto tiempo con la tía Leonor –solo serían dos días, pero se trataba de muchas horas seguidas– me agobiaba. A veces, me decía que no, que no había que meterse en esa historia.

Pasó enero, pasó febrero. Mis cuatro hermanas mayores seguían siendo una. Mi hermano pequeño no estaba nunca en casa. Mis amigos me decepcionaban. Las clases en la facultad se me hacían monótonas. Mi vida se me hacía monótona. No sé qué hacía yo estando tan triste. Lo único que sabía era que no debía quedarme quieta. Coger un tren, subirme a un coche, ir a un hotel, hablar con gente a la que solo conocía de oídas, mirar a los demás, mirar el paisaje. Todo menos permanecer encerrada en mí misma.

–Te acompañaré –le dije a mi tía.

6. BREVE COMENTARIO DE MAURICIO BALLART

Este es el momento en el que se presiente la trama. Me siento empujado a intervenir brevemente en el relato. Más bien, a interrumpirlo. La trama, según mis lectores y un par de críticos que, con generosidad, han querido considerar mis escritos como muestra netamente literaria, al margen de toda clasificación por géneros, es mi especialidad. Lo señalan en tono de elogio. Mis novelas enganchan al lector, dicen. Lo que yo quiero decir ahora es que eso, por alguna razón, me molesta un poco. No todo es la trama, perdonen que les diga.

Resumo el caso que nos ocupa. La autora del manuscrito, esa mujer a quienes los parientes de mi amigo Tomás Hidalgo dieron el nombre de Laura –un nombre tan literario que hunde sus raíces en los cimientos de un arte nuevo, el que hemos heredado–, nos invita, tras un preámbulo a mi parecer algo melancólico, a conocer un escenario que, enseguida lo verán, parece sacado de una época antigua y en el que, sospechamos, vamos a acceder a unas emociones contenidas, subterráneas, que Dios sabe adónde pueden abocar. Algo puede pasar, algo se puede descubrir.

Hay varios escritores implicados en este asunto. Leonor, la narradora de la historia, se ha propuesto escribir una novela. Laura, la autora desconocida, dejó su texto olvidado en la casa del ingeniero, ese texto que yo, escritor de novelas juveniles, estoy leyendo y reescribiendo.

Dicho sea de paso: también concurren en el caso varios ingenieros. El dueño de la casa en que se quedó, olvidada, enterrada en la memoria de un ordenador, la novela; el pariente de Tomás que luego le compró la casa al ingeniero, y el mismo Tomás Hidalgo. No deja de ser algo curioso.

Volvamos a la trama. Sus partidarios –yo mismo, que la practico, y, según dicen, con éxito– felicitamos a Laura por la idea, y nos alegramos de que la protagonista, la joven Leonor, se decida a acompañar a su tía en el viaje a Larroque –un pueblo que, según todos los indicios, no se corresponde con un lugar concreto de nuestra geografía– para conocer más de cerca la historia que se ha venido esbozando en estas primeras páginas. ¡Ay, sí, que se vaya con su tía a Larroque!, nos decimos, ¡que salga de sí misma, que conozca otras personas, otros mundos!

Sin embargo, sé a ciencia cierta que la trama no es lo más importante. De hecho, es muy poca cosa.

Una trivialidad. Lo que cuenta de verdad es lo otro, ese algo casi indefinible, el aroma que la narración deja en el aire, una sensación poética, casi etérea, el presentimiento de una clase de belleza, de haber rozado algo sin lo cual la vida sería lo que tantas veces nos parece, un mero y desordenado acontecer.

El asunto es que sin la trama no haces nada. Parece un contrasentido, pero esta es mi experiencia.

A mí, como narrador, no me cuesta demasiado hacerlo. Supongo que es mi don. Las novelas que me han dado cierta fama –y cierto dinero– han salido de mí con relativa facilidad. Creo que es por eso por lo que mi amigo Tomás Hidalgo me considera, sin paliativos, un escritor. En su opinión, lo que hace que un escritor sea un escritor es precisamente esta capacidad: la de entrar en otros mundos como si hubieran sido hechos para él, como si, en cierto modo, le hubieran estado esperando desde siempre. Algo platónico, creo. No voy a entrar en esto. La filosofía me parece un terreno inestable.

He discutido con Tomás de estos asuntos más de una vez. Mi conclusión es que necesitamos la trama, por muy trivial, superficial, casi insignificante, que sea. Pero es el punto de apoyo, como en el caso de la palanca de Arquímedes, el gran genio. Invéntate una historia y mueve el mundo. Somos inventores de historias. Hay de todo, buenas y malas, amables y terroríficas, alegres y amargas. Las vidas son otra cosa, porque, en general, tienen de todo. Pero también ellas, como las historias, parten de un principio y alcanzan un final. La vida, no. La vida está por encima de las vidas. Eso es a lo que toda narración aspira, a transmitir el sueño imposible de fundirse con la vida, de no quedarse atrapada en los márgenes de su tiempo. Elevarse en el aire como la ráfaga de un viento suave y muy ligero que ha querido envolvernos fugazmente dejando en nuestra piel una especie de huella. Algo parecido a la nostalgia, pero sin pesadumbre.

En el umbral de la trama de esta novela, esta es la reflexión que me hago y, quizá porque la estoy leyendo y reescribiendo poco a poco, adentrándome frase tras frase en el mundo concebido por su autora, y teniendo la sensación de que, al final, será obra de los dos, porque hay algo en ella que se dirige íntimamente a mí, me siento empujado a expresarla y a comunicársela a los lectores, los destinatarios últimos del libro.

7. PROSIGUE LA NOVELA. EL VIAJE

Un mediodía de finales de marzo, bajo un cielo esplendorosamente azul, la tía Leonor y yo –ella al volante de su Peugeot y yo en el asiento del copiloto– enfilamos la carretera secundaria que llevaba a Larroque, el pueblo de doña Herminia.

Durante el viaje, la tía Leonor habló muy poco. Parecía concentrada, como preparándose para el encuentro que la aguardaba. Yo miraba el paisaje. Después de muchos kilómetros de territorio yermo, habíamos entrado en una sucesión de valles idílicos. ¿Quién viviría allí?, daba la impresión de que los habitantes de aquellos pueblos habían guardado su secreto durante siglos. El secreto de pertenecer a un lugar que podía ser la imagen del paraíso bíblico. Quizá fue esa imagen bucólica la que me trajo a la cabeza, inesperadamente, la idea del príncipe azul. El amor que da sentido a tu vida, el gran amor. Sí, aún creía en eso. En aquel momento, los latidos de mi corazón no tenían eco, se quedaban ahí, dando vida a mi cuerpo, llenando de anhelos mi alma. Me había enamorado y me había desenamorado varias veces. En cuanto mis manos alcanzaban el objeto de la pasión, mis sueños se iban a otra parte. La realidad tenía una característica con la que no había contado: era decepcionante. Un beso imaginado no es un beso, es un rapto. Un beso real tiene demasiada realidad, demasiados obstáculos, ruidos, sabores, olores, sombras. La idea del príncipe azul, con su romanticismo ingenuo e infantil, me acompañó durante todo el trayecto. El amor redentor, la devoción, el sueño. Las turbulencias de la juventud me habían alejado de esos ideales. Quizá fuera mejor regresar a la infancia.

Justo a la entrada del pueblo, había un hostal que había sido moderno hacía unos años y que aún conservaba ese aire de novedad que lo había caracterizado en su momento. Remitía a un pasado no muy lejano, a unos gustos que, aun no habiendo perdurado enteramente, se mostraban con una mezcla de orgullo y melancolía. Nos íbamos a alojar allí, anunció mi tía. Por supuesto, teníamos una habitación para cada una. Eso ya me lo había dicho desde el primer momento, pero lo volvió a repetir en cuanto aparcó el coche y desconectó el motor.

–¡Ay!, ¡qué placer, una habitación para mí sola! –exclamó.

Luego me miró, como si quisiera decirme algo más.

–Nos hubiera salido más barato si solo hubiéramos pedido una habitación –dijo, y pensé que no era eso lo que había pensado decirme–. No tengo nada en contra de compartirla contigo, pero no es momento de economías. Las cosas, si se hacen, hay que hacerlas bien.

Primero comeríamos –¡y bien que se comía allí, ya lo vería yo!, me aseguró, satisfecha– y, después de la siesta, visitaríamos al siniestro hombrecillo.

La tía Leonor tampoco habló mucho durante el almuerzo. Parecía concentrada en la comida, pero su concentración iba mucho más allá del plato que tenía delante. Mejor así. Me dejaba algo de espacio libre. Su sola presencia ya ocupaba mucho.

Ahora que la tenía delante, podía verla mejor. Las horas que había estado al volante del coche no habían menguado sus energías. De hecho, al comer, las estaba renovando. Si se hubiera lanzado a hablar, yo hubiera desaparecido. No había envejecido desde la última vez que nos habíamos visto. Su melena cobriza, quizá un poco más corta, seguía resplandeciendo alrededor de su cara. La mirada verde oliva de sus ojos parecía abarcar muchas vidas.

Finalmente, no me arrepentía de estar allí, en el comedor del Hostal Larroque, sentada frente a la tía Leonor, ante platos rebosantes de comida, de los que las dos dábamos buena cuenta. Sentía algo de admiración por ella. No se había dado por vencida. Estaba furiosa y llena de curiosidad. La curiosidad la salvaba.

En cuanto el camarero, un chico joven, nos retiró los platos del postre –la tía Leonor no quiso privarse de nada–, el hombre de más edad que estaba detrás del mostrador se nos acercó.

–Yo a usted la conozco –dijo a mi tía–. Perdone la indiscreción, pero ¿no es usted pariente de la difunta, la de Villa Delicias?

La tía Leonor asintió con expresión divertida. Todo eso, en el fondo, era un juego para ella.

–Nunca me olvido de una cara –dijo el hombre–. Y menos de una persona como usted.

–¿Como yo? –dijo, algo retadora, mi tía.

–Bueno, con ese pelo y esos ojos. No lo interprete mal, pero de una señora como usted no se olvida uno. –Se replegó un segundo y dijo, tajante–: Las invito a un buen coñac.

Se fue, volvió con la bandeja, en la que, además de la botella, había tres copitas. Posó la bandeja sobre la mesa, repartió las copas y vertió en ellas el licor. Todo con mucha ceremonia. Se sentó en una de las sillas vacías, al tiempo que decía:

–Si me lo permiten, me voy a sentar un momento con ustedes.

Contaba con nuestro permiso, evidentemente.

–Me llamo Mariano –nos informó.

Mi tía, tras dirigirle una mirada de asentimiento, de aceptación, le preguntó, sin preámbulos:

–¿Qué se comenta por el pueblo de todo este asunto?

Mariano soltó una risotada, ¡Madre de Dios!, aquel asunto sí había sido bueno. Tras invocar a la Madre de Dios, acudió a los demonios, echando mano de toda clase de improperios.

–¡Vaya tipo, el tal Ramiro! –resumió–. Lo conozco desde cuando era un mocoso que no servía para nada. Un enclenque, un alfeñique, eso era. Todos pensábamos que iba para cura. Para otra cosa no podía servir. Pero no lo admitieron en el seminario, eso se dijo. Nadie lo quería. Desapareció unos años y cuando volvió dijeron que se había convertido en una especie de fenómeno de las finanzas y que multiplicaba el dinero que ponían en sus manos. Qué es lo que hacía, yo nunca lo entendí bien. El caso es que entró en Villa Delicias y ya no salió de allí. Y ahora es el dueño. ¡Vaya chasco para la familia!, ¿no? Bueno, usted es familia –miró, con una expresión de cierto asombro, de perplejidad, a mi tía–, qué le voy a decir.

Luego nos puso al tanto de su filosofía de la vida. Le caía bien la humanidad, así, en su conjunto. Pero había excepciones: no le gustaban los estudiantes de cura, ni los curas, ni los hombres que no beben. Le irritaban los eremitas, los que se apartan de la tribu.

–Conviene estar a bien con esta gente –murmuró mi tía poco después, ya libres de la presencia de Mariano, mientras nos dirigíamos a nuestros cuartos para dormir la siesta–. Es un pesado, de todos modos.

Sola en mi cuarto, caí, rendida, en la cama. Un cuarto para mí sola, había subrayado la tía Leonor, como si se tratara de algo extraordinario. Parecía serlo para ella. No para mí, que tenía cuarto propio desde hacía tiempo. Durante los primeros años de mi vida, había compartido cuarto con Virginia y con Celia. Isabel y Eugenia ocupaban el otro dormitorio. Cuando nació Rafael, le arreglaron un cuarto en la parte de atrás de la casa. Dormía con Angélica, la chica que se ocupaba de él. Pero eso pertenecía al pasado. En Madrid, una vez que mis hermanas se casaron, Rafael y yo disponíamos de un cuarto para cada uno. Puede que fuera un privilegio, pero, a la vez, suponía una deserción. Añoraba el bullicio de la casa llena de voces, de gritos, de risas. Sin embargo, en la habitación del Hostal Larroque, repentinamente, lo vi todo de otra manera, porque era un alivio estar a solas y no estar pendiente de cuanto decía o hacía la tía Leonor.

Me hundí blandamente en el sueño de la siesta, con la vaga conciencia de estar en un lugar desconocido, casi absurdo, desvinculada de mis costumbres y rutinas, a merced de no se sabía qué. Una sensación envolvente, sin pensamientos.

8. VILLA DELICIAS

A media tarde, cruzamos la puerta de Villa Delicias. Altos muros de piedra defendían el parque, el jardín y la casa de ojos de los extraños. ¡Qué frondosidad! Aquel territorio parecía de otro mundo, ¿a qué evocaba? Tenía algo de selva, algo de bosque, algo de jardín misterioso. Ningún signo de racionalidad. A ambos lados del sendero de tierra que llevaba a la casa se avistaban extrañas formas, ¿eran otras casas, palomares, fuentes, estanques, jaulas de monos o pájaros exóticos? Algo se movía por ahí, se escuchaban ruidos, crujidos de ramas, aullidos de animales, gorgoteos, rumores de agua.

Durante el viaje hacia Larroque, las diferentes tonalidades del verde de los valles, los árboles, plantados desde un tiempo inmemorial en las terrazas, y que, ya florecidos, daban al paisaje una tonalidad rosada, me habían hecho pensar en el paraíso. Todo era armonía allí. Desde el coche, no se escuchaba el trino de los pájaros ni el rumor del agua que fluía en los riachuelos que surcaban los valles, pero sus sonidos se presentían. Ahora, de camino a Villa Delicias, me encontraba inmersa en un universo caracterizado por la exuberancia. De la serenidad que unas horas antes me había traído a la mente la imagen del príncipe azul ya no quedaba ni rastro. La armonía natural del paisaje había dado paso a un desorden concebido por una mente humana carente de mesura. Eran mundos opuestos. Pero ¡cómo no dejarse llevar por aquel ambiente! Tenía un poder de atracción perturbador.

–La finca está ahora muy descuidada –dijo mi tía–. El tío Ramón hizo traer árboles de todos los rincones del mundo. También animales. Recuerdo los graznidos de los guacamayos. Y los pavos reales, en medio de los senderos, con la cola desplegada en abanico, ¡qué colores!, ¡qué olores, también! A su muerte, todo empezó a decaer. Las señoras de la casa no pusieron tanto celo en el mantenimiento del parque. Los animales murieron. Puede que aún quede algún pavo real. No sé, a mí esta especie de abandono me gusta. Al tío Ramón debió de defraudarle tener una sola hija por toda descendencia. Quizá había imaginado el parque poblado de niños pequeños. Era un hombre extraño. Sabemos muy poco de él.

La casa surgió ante nuestros ojos. Se imponía en el paisaje con majestuosidad, pero, a la vez, transmitía una sensación de ligereza. Ramiro Salas estaba allí, ante la puerta. Era un hombre de estatura mediana, ni grueso ni delgado –como luego observé, más grueso que delgado–, algo encorvado, calvo, con gafas. Recordé que Mariano, el dueño del Hostal Larroque, había comentado que todos habían pensado siempre que estaba destinado a ser cura. Era lo que parecía, un cura, un eterno estudiante de cura. Probablemente, ese hombre no había hecho en su vida otra cosa que estudiar y así se había ido encorvando, perdiendo vista y cabello. Nos tendió una mano que retiró enseguida, sin llegar a apretar las nuestras. Sus ojos miopes, inexpresivos, nos examinaron desde lejos.

–¿Qué tal el viaje? –preguntó, como si viniéramos de un lugar remoto.

La tía Leonor le dijo que habíamos almorzado en el hostal y que nos alojábamos allí. Eso pareció sorprenderle.

–De haber sabido que pensaban hacer noche, habría mandado que les prepararan unas habitaciones –dijo, como quien ha sido cogido en falta y quiere pedir disculpas–. Además del almuerzo, por supuesto –añadió.

Por toda respuesta, mi tía lanzó al aire una de sus manos y la movió con energía, como quien aparta un mosquito o una hoja que cae.

¿De haber sabido que íbamos a hacer noche?, me pregunté. El hombre lo sabía de sobra. No podíamos ir y volver a Larroque en el mismo día. Era evidente que tendríamos que quedarnos a dormir en alguna parte.

En todo caso, Ramiro Salas tenía maneras de anfitrión. Nos condujo por la casa hasta un salón de buenas dimensiones. Nos señalaba un mueble que doña Herminia había apreciado especialmente, una pintura, una lámpara. Había muebles valiosos, comentó, doña Herminia los compraba siguiendo su consejo. A él le gustaba viajar por la comarca y tratar con los chamarileros. Los conocía a todos, le avisaban cuando surgía una oportunidad. Indudablemente, el aire de dominio con el que Ramiro Salas se movía por la casa se había ido formando poco a poco. Desde hacía años, se encargaba de cuidar ese patrimonio. Parecía lógico que hubiera acabado por pertenecerle.

Una vez en el salón, el hombre nos ofreció asiento.

–Doña Herminia quiso dejarles un recuerdo suyo –dijo, con acento preocupado–. Me hago cargo de sus sentimientos, créanme. Me hacen ustedes un honor extraordinario viniendo aquí. No imaginan lo que este gesto significa para mí.

Nos miró, nervioso. ¿Era sincero? Puede que se refiriese a sentimientos de frustración, de pérdida, de nostalgia, a algo que nos concierne a todos.

–Verá –siguió, dirigiéndose únicamente a mi tía–. Doña Herminia dejó escrito –su tono de voz se agudizó–, muy expresamente, lo que quería que pasara a sus manos. Se trata del servicio de café de plata. El grande, el inglés. Es igual al de la reina de Inglaterra, según tengo entendido. A ellos, los ingleses, lo que les gusta de verdad es el té, pero, ya ven, también tienen juegos de café. Ya lo he mandado empacar. Me he permitido añadir las tazas de café de porcelana china, las recordará, estaban expuestas en una de las vitrinas. Ya está todo embalado. Lo he supervisado yo mismo. A los transportistas les da igual una cosa que otra. Los conozco bien. Cualquier golpe podría dañar las piezas, tanto las de porcelana como las de plata.

Tras una breve pausa, se dirigió a mi tía, que apenas había pronunciado palabra, y dijo:

–De todos modos, usted ya conoce lo que hay en la casa. Si desea cualquier otra cosa, no tiene más que decirlo, lo que quiera.

Volvió a quedarse callado, como si esperara que mi tía dijera algo, pero, ante su silencio, que admiré, Ramiro Salas se quedó sin reservas, sin nada que decir.

Durante un lapso de tiempo, no sucedió nada. No hubo palabras, ni siquiera gestos. Nadie sabía cómo proseguir.

Fue el mismo Ramiro Salas quien rompió el hielo. Se levantó, se acercó a un aparador, cogió una jarra de plata y nos la mostró.

–El servicio de café es de este estilo –dijo, y puso la jarra en mis manos.

No sé por qué, me escogió a mí, que no entendía nada de esas cosas. Mi tía seguía callada.

–Estoy en una situación tan delicada... –dijo el hombre, balbuciente, mirando a mi tía–. No quisiera que me guardara rencor.

¿Creía que esos regalos podían borrar todos los rencores? Puede que la difunta doña Herminia, que había sido su punto de referencia durante años, hubiera sido así: fácil de contentar, propicia al olvido.

Cuando yo ya creía que no iba a abrir la boca, la tía Leonor abandonó su silencio.

–No es rencor –dijo–. Es asombro. Asombro profundo. Siempre he pensado que todo esto acabaría perteneciéndome. –Sus dedos trazaron un círculo en el aire, en el que quedó incluido el aparador donde reposaba de nuevo la jarra de plata.

Ramiro Salas asintió.

–No crea que no la comprendo –dijo.

Miraba atentamente a mi tía, sin el menor brillo irónico en sus ojos miopes.

Fue él quien de nuevo tomó la palabra.

–De todos modos –aventuró, con la voz un poco temblorosa–, no sé por qué se da tanta importancia a los lazos de la sangre. Al fin y al cabo, he sido yo quien ha estado al lado de doña Herminia día tras día. ¿Qué tiene de raro que haya querido legarme sus posesiones? Sabía que las cuidaría, como siempre he hecho. He sido yo quien la ha asistido en todo momento, quien le ha hecho compañía, ¿por qué no habría de querer agradecérmelo?

No quise mirar a mi tía.

–Quizá doña Herminia llevara un diario –aventuré– o recibiera cartas. Tener esa clase de recuerdos personales de ella podría suponer un consuelo para mis tíos.

Lo dije un poco sin pensar, se me ocurrió de pronto cuando quise desviar la atención de las palabras que nuestro anfitrión acababa de pronunciar y que, imaginé, podían provocar una reacción violenta por parte de mi tía.

–Los papeles privados de doña Herminia son documentos sagrados –declaró el hombre con solemnidad.

Eso empeoraba la situación. Me prometí no volver a abrir la boca.

El encuentro había concluido. Lo supimos todos a la vez. La tía Leonor se puso en pie. Apenas habíamos dado un par de sorbos al té que nos había servido una doncella circunspecta.

Volvimos a recorrer el ancho pasillo hasta el vestíbulo, donde un rato antes Ramiro Salas nos había mostrado con orgullo de propietario sus adquisiciones en los anticuarios de la comarca. Una cómoda, un reloj de pared, un cuadro oscuro.

Las cajas que contenían el servicio de café de plata y las tazas de porcelana china reposaban junto a la puerta.

–Me he permitido añadir unos manteles de hilo –dijo el hombre, otra vez en tono de disculpa.

Nos acompañó hasta el coche. Supervisó la colocación de las cajas en el maletero del coche. Se quedó ahí, mientras la tía Leonor enfilaba el coche por el sendero.

Cuando dejamos atrás Villa Delicias, dijo mi tía:

–Es curioso que le hayas preguntado por lo del diario, no sé cómo se te ha ocurrido, porque lo cierto es que la tía Herminia llevaba un diario, todos lo sabíamos. Tenía unos cuadernos de tapas duras forrados con tela de flores. Se los regaló su padre. Le dijo que era importante dejar constancia de lo que se hace cada día, o de lo que se ha pensado. Herminia se sentía orgullosa de haber seguido su consejo. Guardaba los cuadernos en la pequeña estantería que tenía en su dormitorio. Siempre me inspiraron curiosidad, pero, a la vez, no sé, casi prefiero no leerlos, es algo que me produce rechazo, entrar en esa intimidad...

Luego dijo, con más fuerza:

–He estado a punto de tirarle la jarra de plata a la cara. Ya me dirás para qué quiero yo esas cosas. Las venderé, desde luego, eso he pensado enseguida. ¡Qué hipócrita! Ese hombre me pone enferma.

Un bulto negro se nos echó encima. Mi tía dio un frenazo. Una mujer mayor, envuelta en un manto, se nos acercó.

–¿No se acuerda de mí? –preguntó a mi tía, que le devolvió una mirada escrutadora.

La mujer tenía el rostro lleno de arrugas, pero había vivacidad en sus ojos.

–Pues claro –dijo mi tía–. Usted es Benigna. No la he visto allí, en la casa.

–Hace mucho que no vivo allí, el señorito me dijo que no hacía falta, que me fuera a casa en cuanto terminara de limpiar. Al menos, no me ha despedido. A los jardineros los puso de patitas en la calle. De los antiguos, solo quedamos la cocinera, su hija y yo. Bueno, hay que adaptarse, qué remedio queda. –Hizo una pequeña pausa–. Usted, ya veo –siguió, en otro tono–, como siempre. Cada vez más joven. ¿Y la chica? –preguntó, mirándome–, ¿también es familia?

–Sí, pero de la otra parte –aclaró, sin profundizar, mi tía.

–La vi en la casa, pero al señorito no le gusta que andemos por ahí, así que me fui sin saludarla. A lo mejor me la encuentro por el camino, me dije, y ya ve, así ha sido. ¡Vaya plancha!, ¿no? Digo lo de la herencia. No es por echar leña al fuego, pero nadie hubiera imaginado que todo el dinero fuera a pasar a ese, por mucho que lo viéramos venir. Esas cosas no se hacen. La familia es la familia. Pero ¿qué vas a esperar de alguien así? La señora no era ni persona, Dios sabe lo que era, como un mueble, como una piedra. A mí siempre me trató bien, por eso no quiero quejarme demasiado. Pero esa especie de sacristán, tan engolado, siempre pendiente de ella, halagándola, consintiéndole todos los caprichos, algo se traía entre manos, bien que lo organizó todo, nadie se enteró, debió de llamar a un notario de quién sabe dónde, él entiende de eso, conoce a mucha gente. Eso es una cárcel, se lo aseguro. Yo aguanto porque necesito el dinero que me dan y porque, como ya llevo allí muchos años y soy vieja, me dejan un poco en paz, pero ese mequetrefe los tiene a todos en un puño. No sé qué les da, porque, además, le son fieles. O eso parece, quién sabe.

Habíamos llegado al pueblo y Benigna pidió que la dejáramos ahí.

–Tengo que hacer unos recados –dijo.

–¿Usted cree que ese hombre, Ramiro Salas, dominaba a la señora, que pudo forzarla a cambiar el testamento en contra de su voluntad?, ¿cree que ella se encontraba en plenitud de sus facultades? –le preguntó mi tía, manteniendo abierta la puerta del coche.

–Hable con la señorita de Leoz, la única amiga de la señora –dijo, entre dientes, Benigna–. Ella debe de saber algo. También don Hilario, el médico, tiene que tener su opinión. Los médicos saben mucho. Van de casa en casa y se enteran de todo. En la mía, no ha entrado nunca un médico. Si tengo algo que ocultar o no, eso no le importa a nadie.

Benigna se quedó ahí, en una pequeña plaza, a la entrada del pueblo. Se había apoyado en el brocal de la fuente, como si no tuviera nada más que hacer.

Nosotras volvimos al hostal. Mariano, que ya era un viejo conocido, nos sirvió más tarde la cena. Mi tía pidió una botella de vino y, prácticamente, se la bebió ella sola. Mariano nos sirvió dos copas de licor, pero no se sentó con nosotras. La tía Leonor le miró con benignidad. Su capacidad de odio estaba totalmente colmada. No soportaba a ese hombre, el usurpador de una herencia con la que llevaba años soñando. Ahora el odio venía a rellenar el hueco que había dejado la frustración de sus ilusiones.

9. UNA CARTA MUY LARGA

Durante un tiempo –pudo ser un año, pudieron ser dos–, no dediqué muchos pensamientos a la tía Leonor. Bastante jaleo había ya en mi propia familia.

Isabel, mi hermana mayor, empezaba a tener problemas con su marido. No sé si había celos por medio, pero la pareja se enzarzaba en peleas matrimoniales que me hacían recordar las escenas de gritos y llantos que la tía Leonor había protagonizado en la casa de mi infancia, en mi ciudad natal. A Eugenia le iban bien las cosas, pero se había despegado de la familia y mi madre estaba dolida. Virginia, como siempre, iba a su aire. Había estado lejos desde siempre. Tampoco en ella podía encontrar mi madre ningún apoyo. En Celia, sí. Celia venía mucho por casa y lo ponía todo patas arriba. Abría armarios, buscaba objetos, libros y ropa perdida. El banco de madera de la entrada, cuyo asiento se levantaba, porque, a la vez, era un arca, suponía para ella una fuente constante de interés. El arca contenía su vida anterior al matrimonio. Le fascinaba.

Siempre que venía a casa levantaba la tapa y tiraba todo al suelo, mantas, abrigos, chales, telas que no se habían llegado a utilizar, camisones con encajes y volantes, vestidos de fiesta. Siempre encontraba algo, siempre se quedaba pensando en que no lo había sacado ni inspeccionado todo y que tenía que volver a buscar. Eso entretenía a mi madre, la aliviaba del peso que llevaba en el corazón por las continuas desapariciones de Rafael, nuestro hermano pequeño. ¿Qué hacer con él? Mi padre había dejado de hablarle. Ya era mayor de edad. A las broncas continuas había sucedido una variada gama de internados, campamentos y centros educativos especiales. Pero él persistía. No conseguía despegarse de su grupo de amigos, todos como él, enredados en la vida nocturna, proclamando fracasos y derrotas, negando fieramente la menor idea de futuro. No nos atrevíamos a decirlo, pero el fantasma de la droga andaba por ahí.

Yo pasaba la mayor parte del día en la facultad. Iba aprobando las asignaturas, terminé un curso, pasé a otro, empecé otro. Sobre todo, pasaba mucho tiempo por los pasillos, uniéndome a los grupos de agitadores, los de las manifestaciones y las asambleas. A las manifestaciones, nunca fui. La idea de tener que enfrentarme con la policía o, lo más probable, de tener que correr delante de los guardias de uniforme gris, la posibilidad de que me apresaran y me llevaran a la Dirección General de Seguridad, el reino de las tinieblas, de la total indefensión, me estremecía. A las asambleas sí fui. A la mayoría de ellas. Sobre todo, iba mucho por el bar, me encantaba tomar café y fumar, sentirme ahí, a salvo de todo futuro, desligada de todo pasado, unas veces enamorada y otras no, pero siempre expectante, inmersa en la atmósfera cargada de humo del inmediato presente.

Entre tanto, la obsesión de la tía Leonor por la herencia perdida no se había debilitado. Recibí una larga carta suya en la que daba buena fe de ello. Aún se escribían cartas por entonces, cartas muy largas, de varios folios, que se empezaban un día y se terminaban otro. La que me envió mi tía era de esas, más larga aún que la que me había escrito al inicio de esta historia. Sin duda, le había llevado horas escribirla, y horas dispersas, porque su letra cambiaba y había espacios en blanco.

Aunque no la recuerde de memoria, sí soy capaz de reproducir lo que mi tía relataba en su carta e incluso puedo ponerme en su lugar, como si yo hubiera estado presente en esas escenas que ella describía con detalle y sorprendente desenvoltura.

La carta había sido escrita a finales de septiembre y hacía referencia a un día de mediados de julio. El tío Felipe y la tía Leonor, que acababan de ser abuelos por segunda vez, se dirigían hacia Castellón, donde vivía Domingo, el hijo mayor, el afortunado padre del recién nacido. Se detuvieron en el Hostal Larroque para comer. Al tío Felipe le había entrado un ataque de sueño y se había ido a descansar al coche, que habían dejado, precavidamente, a la sombra. Entonces mi tía, que no había olvidado la recomendación que Benigna, la sirvienta de Villa Delicias, le había hecho en nuestro viaje a Larroque, había cedido a la tentación de llamar por teléfono a la señorita de Leoz, y se las había arreglado para que uno de los camareros del hostal la llevara a visitarla. Había contado, por fortuna, con la colaboración de Mariano, el dueño, que, por lo que parecía, ya se había hecho merecedor de su confianza.

Dicho y hecho. Amalia, la señorita de Leoz, recibió a mi tía en una sala en penumbra, acomodada en un gran sillón. Una dolencia de huesos le impedía levantarse, aunque a veces las molestias remitían y podía dar pequeños paseos, según manifestó.

–En cierto modo, esperaba su visita –dijo a mi tía–. Me extrañaba que no viniera. Me dijeron que estuvo en Villa Delicias después de la muerte de Herminia. Pobre mujer. Ya sabe cómo tenía la cabeza.

–Eso es lo que me pregunto –dijo mi tía.

–Se lo pregunta usted y nos lo preguntamos todos. Herminia era inclasificable. El dinero no le interesaba, ni siquiera lo tocaba. Sabía que tenía mucho y pensaba que nunca se acabaría. Se daba cuenta de que todo el mundo la respetaba por ser muy rica, eso le gustaba. Nadie le llevó nunca la contraria. Se creía el centro del mundo, del único mundo que conocía, sus padres, la casa, Villa Delicias. El resto, solo lo vislumbraba. ¿Qué era ese resto para ella?, lo poco que atisbaba en sus salidas al pueblo. No necesitaba más. Nunca fuimos verdaderas amigas, eso era imposible, ¿qué podía saber Herminia de lo que es la amistad? Yo la iba a ver porque me daba pena, sobre todo cuando se quedó sola y Ramiro se hizo con las riendas. En el pueblo, todos conocemos a Ramiro. A su familia, mejor dicho. La abuela y la madre fueron lavanderas. La madre aún lo es, parece mentira, con lo que él ha heredado. Lo llevaron al seminario de pequeño, aunque luego dejó los estudios de cura. No sé si lo rechazaron o fue cosa suya. Decían que era un muchacho listo. Enclenque, enfermizo, pero listo como un rayo. No sé quién le pagó los estudios, doña Inocencia, supongo. Ella hacía cosas así. Si le pedían ayuda, la daba. No sé en qué momento dejó los estudios de cura y empezó a trabajar con don Ramón Fontán. Fue él quien descubrió su facilidad para los números. Por lo visto, era algo fuera de lo común. Cuando don Ramón murió, el único que sabía a cuánto ascendía su fortuna era él. Las dos señoras de la casa eran, en eso y en casi todo, unas perfectas inútiles. Ramiro tuvo la gran habilidad de hacerse imprescindible. Y se ganó el respeto de todos, eso es así. Él mismo trazó los límites. Sabía cuándo debía retirarse de la escena y cuándo aparecer. Puede que sea un gran hipócrita, pero es evidente que sabe comportarse.

Mi tía, mientras escuchaba las palabras de la señorita de Leoz, tuvo repentinamente una idea, y la lanzó al aire, a lo mejor para ver cómo sonaba:

–Se me pasó por la cabeza impugnar el testamento, ¿qué opina usted?, ¿cree que tendría alguna posibilidad?

–No entiendo de leyes. –La señorita Amalia sonrió levemente.

–Me gustaría saber si la tía Herminia tenía algo que podría llamarse «conciencia». No me refiero al pecado o al mal, sino a su propia identidad.

A los labios de la señorita asomó una sonrisa. Las palabras de mi tía no la cogían por sorpresa.

–Algunas veces me he llegado a preguntar –dijo– qué era lo que Herminia pensaba de mí, de todos los que no eran ella, las pocas personas que conocía. Daba la impresión de que nos consideraba inferiores, como si creyera que habíamos sido hechos para estar a su lado, para seguirle la corriente, para complacerla. ¿Se le pasó por la cabeza la posibilidad de que, en determinado momento, también pudiéramos ser sus enemigos? No sé qué pensaba de nosotros. A lo mejor no pensaba nada. Quizá se preguntara si alguna vez nos llegaríamos a dar cuenta de su feroz egoísmo. Dios nos ha provisto de conciencia, como usted acaba de decir. Es algo que, a veces, puede causar mucho dolor, pero que nos acerca a los demás. Herminia vivía de espaldas al dolor, de espaldas a los demás. Se fatigaba mucho, eso sí. Pero el dolor no creo que lo haya conocido.

–Me está usted describiendo a una persona no muy normal –dijo mi tía.

–Claro que no era normal –sentenció la señorita de Leoz–, ¿quién lo es en este mundo de locos? Yo misma no sé si soy normal, porque cada vez me siento más ajena a todo. En los pueblos, la vida se empequeñece. La gente busca, sueña, persigue algo, se marcha del pueblo, vuelve o se pierde por el mundo. De vez en cuando, nos llegan noticias de ellos, como si todavía los recordáramos, como si nos hubiéramos quedado aquí para esperarles. En realidad, esas noticias nos sorprenden: habíamos llegado a olvidarlos. Los que envejecemos aquí tenemos una relación equívoca con el exterior. Nos quejamos de la soledad y el aburrimiento, pero si viene alguien a visitarnos no tenemos nada que decirle. Su presencia despierta recuerdos incómodos. Nos sentimos avergonzados de nuestra propia vida.

La tía Leonor se dijo que probablemente ella era una de esas presencias perturbadoras a las que su interlocutora acababa de hacer mención. Pero optó por seguir adelante, animó a la señorita Amalia a seguir hablando. ¿Desde cuándo conocía a su amiga Herminia?, le preguntó.

–Desde tiempos inmemoriales –repuso la señorita–. Fue después de que sus padres la llevaran a la ciudad a besar a la Virgen.

¡Mi ciudad natal, aún innombrable!, exclamé para mis adentros, apartando por unos instantes mis ojos de la carta. ¡Cuántas historias contiene una ciudad! La mía estaba por hacer, de todos modos. Y mi ciudad natal había quedado, de momento, lejos de ella. Con todo, era curioso, quizá inquietante, encontrarme con ella en el marco de una historia distinta de la mía. Volví los ojos a esa historia. La letra de la tía Leonor me estaba transmitiendo las palabras que la señorita de Leoz le había dirigido en aquel encuentro imprevisto.

—No sé los años que tendríamos Herminia y yo –dijo la señorita Amalia–, porque éramos de la misma edad. Posiblemente, don Ramón decidió que Herminia tenía que relacionarse con otras niñas. Quizá durante el viaje se diera cuenta de que el aislamiento en el que vivía no era del todo conveniente. Ahí fue donde aparecí yo, junto con otras niñas del pueblo. El grupo, a la larga, se redujo a cuatro: Herminia, Pura, Josefa y yo. Pura y Josefa asistían a las clases de la escuela y Herminia y yo teníamos profesores particulares. Yo vengo de una familia culta, ilustrada, si me permite decirlo. De algo hay que presumir. Para mi padre, toda la sabiduría del mundo se contiene en los libros, también en las lenguas antiguas, así que yo he tenido la oportunidad de aprender muchas cosas. En eso, por lo menos, soy una *rara avis* dentro del ambiente de este pueblo. Josefa y Pura se casaron, se llenaron de hijos y murieron antes de llegar a viejas. Yo soy la que estoy durando más –suspiró.

La tía Leonor se dio cuenta de que la señorita Amalia se estaba fatigando, o quizá emocionando.

«Pensé que la entrevista había terminado», me escribía.

Dejé, de momento, la carta de la tía Leonor sobre mi escritorio. Aún había un par de páginas escritas. La entrevista no debía de haber terminado. Pero yo tenía que ir a la facultad, si no quería perderme también las últimas clases de la mañana.

10. SIGUE LA CARTA

Por la tarde, volví a la carta. La señorita de Leoz, tras aquel suspiro que parecía dar por finalizada la conversación, tomó aire y prosiguió el relato:

–Lo que más me gustaba de aquellas visitas a Villa Delicias –dijo– era cuando doña Inocencia hacía su aparición en el cuarto de jugar, después de la merienda. Nos preguntaba si lo habíamos pasado bien y si habíamos disfrutado de la merienda. Se quedaba un momento con nosotras y se despedía dándonos las gracias por haber aceptado la invitación y pidiéndonos que les diéramos muchos recuerdos a nuestras familias. No lo decía en tono formal, sino con una especie de candor, mirándonos a los ojos. ¡Qué guapa era! –exclamó, con auténtica admiración–. En verano, jugábamos en el jardín –siguió–, nos sacaban juguetes que yo no había visto jamás, casas de muñecas, coches, carretillas, trenes, de un cobertizo, y servían la comida en una gran mesa de piedra que cubrían con un mantel blanco. Aquello era puro lujo. Yo me preguntaba si Herminia creía que en las demás casas del pueblo se vivía así. Ella no venía a nuestras casas, yo creo que a nuestros padres la idea de invitarla ni siquiera se les pasaba por la cabeza. Los Fontán estaban muy por encima de los demás. A esa clase de personas no se las trata de tú a tú. Me parece que Herminia palpaba nuestro asombro, aunque no fuera capaz de calibrarlo. Lo había escuchado cientos de veces: Villa Delicias albergaba lo mejor que cabía encontrar en el mundo.

La tía Leonor estuvo a punto de preguntarle a la señorita Amalia si había llegado a sentir afecto hacia ella, si Herminia era una niña que se hacía querer. En cambio, formuló otra pregunta:

–¿Seguía viéndola últimamente?

–Mucho menos, claro, ya ve cómo me encuentro –repuso la señorita Amalia–. Apenas me muevo. Pero no se trata solo de mí. También Villa Delicias cambió. La vida nos va cambiando. Aparece gente nueva, otros se van. Yo no encajaba bien en aquel ambiente –suspiró, filosófica–. Primero apareció Ramiro, ya convertido en un hombre hecho y derecho. Creo que lo trajo don Ramón y doña Inocencia se encariñó enseguida con él. Para Herminia ha sido imprescindible. En el pueblo nadie lo quiere. En Villa Delicias él encontró su sitio. Luego apareció Araceli, la homeópata. Eso complicó mucho las cosas. Don Hilario, el médico, se lo tomó a mal. Don Lucas, el cura, curiosamente, lo llevó mejor. No son malas personas ninguno de los dos, me parece. Pero han visto demasiadas cosas. Llevan toda la vida en este pueblo. Llegó un momento en que la casa estaba siempre llena de gente. Fue después de que doña Inocencia muriera. Araceli traía a sus amigos, o a sus parientes, no sé, gente de todo tipo. Había una especie de pugna por ocupar el primer puesto en esa corte. Don Hilario y don Lucas entraron en el juego. Yo fui espaciando mis visitas.

A la señorita de Leoz se le ensombreció la mirada.

–No quisiera cansarla –dijo mi tía.

–No se preocupe. Me gusta hablar –dijo la señorita Amalia–. En el pueblo no va quedando mucha gente con la que hablar, ¿qué puede hacer una mujer como yo? Los hombres tienen más recursos. Si aún tuviera bien las piernas... Me voy quedando sola. Por fortuna, tengo el consuelo de la religión. No contaba con eso, la verdad. Mi padre era muy despegado para esas cosas. Mi madre cumplía con la Iglesia, pero calladamente, quizá pensaba que eso a él le molestaba. No he recibido ningún tipo de formación religiosa, y ya ve, ahora me apoyo en eso. El mundo es algo tan limitado... Si no tuviéramos ese consuelo sería todo más arduo.

La tía Leonor, que por entonces era muy descreída, asintió.

–En eso, Herminia también era diferente –siguió la señorita de Leoz–. No necesitaba a la Iglesia,

¿qué consuelo podía necesitar ella? No sentía dolor ni desasosiego. La vida estaba perfectamente clara para ella. El pobre padre Lucas, que era su confesor, y, por así decirlo, su director espiritual, nunca consiguió sacarle dinero para la Iglesia. Herminia se confesaba por pura rutina, porque le habían dicho que se confesara. Ese rito lo realizaba los viernes, poco antes del mediodía, la acompañaban dos criadas, ella iba con el ceño levemente fruncido. Hubiera preferido no hacerlo, estoy segura. Además, ¿de qué pecados se tenía que confesar? No creo que Herminia alcanzara a comprender la idea de pecado. El padre Lucas, en los sermones de los domingos, hablaba del pecado de la soberbia, yo creo que con intención, pero ¿acaso Herminia sabía lo que era la soberbia? Ni la soberbia ni su contraria, la humildad. De todos modos, eso de la soberbia no es un concepto fácil. Si no se ponen ejemplos, no se comprende.

–¿Y la homeópata?, ¿cómo entró en la casa? –se decidió a preguntar la tía Leonor.

–¿Araceli? –la señorita sonrió levemente–, pues como entraba en todas las casas. Curando, ofreciendo remedios a enfermedades, las del cuerpo y las del alma. Hay que reconocer que habla muy bien, que tiene don de gentes. Llegó al pueblo cuando tenía alrededor de doce años. Era sobrina de los Robledo, dijeron. Se rumoreaba que era hija natural de un cura, de un conde o de un marqués y que los Robledo, que no tenían hijos, la habían adoptado. Iba vestida de muchacho y trabajaba en el campo como un hombre. Tenía una fuerza extraordinaria. La maestra montó un teatro y Araceli se convirtió en una actriz de primera. Había que verla sobre las tablas, haciendo de reina, de sirvienta, de mujer de mundo. No había papel que se le resistiera. Muchos empezamos a pensar que llegaría lejos. Al final, llegó a eso, a curandera. Tenía mano para los remedios. El mismo don Hilario, el médico, no el de ahora, sino su padre, que también se llamaba así, lo dijo más de una vez. Araceli tenía ojo clínico, aunque nunca hubiera estudiado medicina. Yo creo que había aprendido de observar a los animales. Se pasaba el día en el campo o en los establos, haciendo todo tipo de trabajos. Era incansable. Don Hilario se ofreció a pagarle los estudios de medicina, pero los Robledo rechazaron el ofrecimiento. Poco después, contrajo matrimonio con Pascual Molina, que ya por entonces tenía fama de borracho, de pendenciero. Tuvieron varios hijos, no sé cuántos. Era ella quien se ocupaba de todo, claro está. No sé por dónde andan ahora esos hijos, si se fueron del pueblo o siguen por ahí. Creo que ya eran mayores cuando todo el mundo empezó a consultar a Araceli. Tenía remedio para todos los males. Y le gustaban las casas ajenas. Allí se la respetaba.

La señorita de Leoz perdió un poco la mirada,

carraspeó. Su tono de voz, cuando volvió a hablar, era un poco más bajo.

–Herminia la mandó llamar por lo de las fatigas –dijo–. Hacía años que había muerto doña Inocencia, tampoco don Hilario, el padre del actual médico, vivía ya. Araceli le contó a Herminia que Pascual, su marido, dormía en el establo. Llegaba a casa tan borracho que no tenía fuerzas ni para subir los cuatro peldaños que lo separaban del dormitorio. Eso le debió de impresionar a Herminia, porque luego me lo contó a mí. Lo decía con admiración, no sé hacia quién. Allí empezó una especie de idilio entre ellas. Se hicieron íntimas. Yo ya no iba tanto por la casa, y a partir de entonces aún fui menos. Aquel ambiente no me gustaba. Se decía que Herminia le había dado algunas de sus joyas a Araceli. Yo prefería no escuchar. En los pueblos se dicen muchas cosas.

La señorita Amalia se quedó otra vez callada. Fue una pausa tan larga que mi tía empezó a preparar una frase de despedida. La señorita, entonces, cambió de expresión y dijo en un tono casi juvenil:

–Nadie se hubiera imaginado lo que pasó después. De la noche a la mañana, Pascual dejó la bebida. Una tarde, apareció en Villa Delicias, cogió a Araceli del brazo y se la llevó a casa. Montaron una especie de consultorio. Empezó a llegar gente de los pueblos vecinos. La fama de Araceli se extendió por toda la comarca. Pascual recibía a los pacientes y les hacía una serie de preguntas, que escuchaba sin parpadear. No tomaba notas. A lo mejor, no sabía escribir, o lo hacía torpemente, con muchas faltas. Si le daban el dinero antes o después de la consulta, eso no lo sé. Tampoco sé cuánto le daban. Ahora las cosas se han calmado un poco, pero creo que Araceli aún tiene clientela.

»Para Herminia, aquello fue un duro golpe. Repentinamente, la casa se quedó vacía. Pero Herminia no era de las que se hunden. Debió de enviarle recado a Araceli a través de Ramiro, no sé si llegaron a un acuerdo con Pascual, pero el caso es que Araceli volvió a visitar a Herminia. No con aquella frecuencia, desde luego, pero el asunto es que la amistad no se rompió.

–¿Y Ramiro Salas? –preguntó mi tía–, ¿cómo se tomó todo eso?

La señorita Amalia le dedicó una mirada enigmática.

–Él sentía veneración por Araceli –dijo.

La conversación, ahora, sí se había acabado. La tía Leonor supo que la señorita no iba a pasar de ahí. Quizá había contado lo único que sabía y quizá se había guardado muchas cosas. Pero esa era la historia que estaba dispuesta a contar.

Sea como fuere, mi tía volvió al Hostal Larroque, donde encontró al tío Felipe, que ya había dormido su siesta, sentado a la barra del bar, tomándose un café. Le habló de su visita a la señorita de Leoz para pasar cuanto antes el trago de la reprimenda. Sin embargo, el tío Felipe no parecía enfadado.

–¿Así que le has dicho a esa señora que se te pasó por la cabeza impugnar el testamento de la tía Herminia? –preguntó, con cierto interés–, ¿es eso verdad?, ¿se te pasó por la cabeza?

–Más o menos.

–Quizá podamos hacerlo, al fin y al cabo. Impugnar el testamento –dijo, casi satisfecho, el tío Felipe–. Aún no se ha ejecutado. Está atascado, no sé por qué razón. Hay ciertas irregularidades. Lo he sabido hace poco.

–¿No pensabas decírmelo?

–Claro que sí, pero primero quería enterarme bien.

La tía Leonor prefirió dejar las cosas así. Estaba segura de que el tío o se había olvidado del asunto o se lo había callado de forma premeditada. Sea como fuere, y gracias, desde luego, a esa visita que ella había hecho, a hurtadillas, a la señorita de Leoz, la actitud del tío Felipe había cambiado.

En la carta que me escribió meses después, la tía Leonor me informó de que, efectivamente, habían dado ese paso. Tras hacer las averiguaciones oportunas, habían contratado los servicios de un abogado de renombre y el proceso ya se había puesto en marcha. Era ella, desde luego, quien llevaba las riendas de todo.

11. PLEITOS, RUTINAS, AMENAZAS

Cuando mi padre lo supo, su estupor fue tal que no pudo pronunciar palabra. Más tarde, solo musitaba cada cierto tiempo:

–Mi hermana ha debido de volverse loca.

En cambio, mi madre la defendía. Lo que la tía Leonor quería era estar entretenida, luchar por algo. Se había lanzado de cabeza sobre ese asunto porque era el que tenía más a mano. Su vitalidad la empujaba.

Creo que en momentos así mi madre admiraba a la tía Leonor, como admiraba a todas las personas que se hacían notar. Ese no era su estilo, y ella jamás hubiera sido capaz de hacer algo parecido, pero ¡qué energía tenían esas personas!, ¡qué seguridad!

–Y todo eso del regalo póstumo de la tía Herminia, ese juego de café de plata que ni es inglés ni es nada, porque todos sabemos que los ingleses solo toman té, ¿qué fantasía fue esa? Tú lo debes saber –mi padre me apuntó con el dedo–, ¡tú la acompañaste a Villa Delicias a recoger el maldito regalo! ¡Todo eso ha sido pura invención! Ese tipo es un comediante. Se merece que le quiten la herencia. De todos modos, es mejor no agitar las aguas, vete tú a saber lo que te vas a encontrar.

Mi madre dijo:

–No podemos juzgar a los demás, quién sabe por qué hacen las cosas, sus razones tendrán.

Mi padre salió del cuarto. No podía con ella. Tenía que guardarse la rabia para él solo. Aquellos eran tiempos de cambios. Estaba siempre malhumorado. Ya se había muerto Franco y se iniciaba la Transición. No entendía nada. Los comunistas habían vuelto –¿dónde habían estado?, ¿no se habían extinguido?– y a la gente le parecía bien. Incluso a ella, a mi madre. No lo decía expresamente, pero estaba interesada en los cambios.

Mi madre era discreta por naturaleza. La idea de molestar con su sola presencia a los demás le hacía ser una persona algo etérea, siempre se estaba yendo, siempre acababa de llegar, no se quedaba mucho tiempo en ninguna parte y, si se quedaba, parecía que no estaba allí. Nunca imponía su opinión sobre nada. Todas sus frases acababan en un «quién sabe» o «¡qué le vamos a hacer!». No quería intervenir en las vidas de los demás. Tampoco quería juzgar.

A su alrededor, pasaban muchas cosas. Pero ella quería mantener las rutinas y costumbres de siempre. A pesar de los problemas, de los obstáculos, la vida siempre seguía y eso a ella le gustaba. Existía una fuerza superior, la de las estaciones, la de los ciclos naturales, la del mar, la de los ríos, ¿qué éramos los seres humanos frente a eso? Quizá prefería creer que éramos parte de ese movimiento incesante y que nos equivocábamos cuando pensábamos otra cosa, cuando nos considerábamos superiores.

El movimiento incesante de la vida le interesaba. Por la misma razón, le interesaban las celebraciones, porque se trataba de aceptar, con alegría, el paso del tiempo. La quietud era la muerte.

Noviembre era el mes de su cumpleaños. Nos reunía a toda la familia y recibía nuestros regalos con una expresión de complacencia que nos remitía a la infancia, a nuestros propios cumpleaños.

La novedad de aquel año era que Isabel, mi hermana mayor, se había separado de su marido. En España aún no estaba permitido el divorcio, por lo que Isabel y su nuevo novio –un político que, dentro de la izquierda, defendía una línea de moderación, acuerdos y compromisos– tenían por delante un largo camino que recorrer antes de hacer que su convivencia tuviera el sello de la ley. Eso a mi padre le sacaba de quicio. Era absolutamente contrario al divorcio. Eso decía, sin dar argumentos. No podían darse, era una cuestión de principios.

Mi madre callaba. Pero invitó a Bernardo, el

novio de Isabel, a la celebración de su cumpleaños, y mi padre no tuvo más remedio que aceptarlo. Luego resultó que Bernardo era muy agradable y congenió, hasta cierto punto, con él. No tanto como mi madre, con quien Bernardo se esmeró. Todos lo agradecimos. Rafael, de quien ya sabíamos muy poco, era su dolor secreto. Se adivinaba en su mirada, en esas lágrimas que mi madre no dejaba brotar, en los gestos de desánimo con los que se dejaba caer, de pronto, en la butaca, como si las fuerzas le fallaran de repente.

En cuanto a mí, en aquel momento, no había ningún novio a quien invitar. ¿Qué otra cosa puedo decir de mí? En cuanto hablo de mí, entro en una especie de confusión. En medio de mi familia, me sentía un poco al margen de todos. Observar era mi ocupación principal.

No estaba previsto que Rafael viniera, de forma que nadie le echó de menos. Imagino que mi madre quiso aferrarse a su ilusión de siempre, convocar a sus hijos en ese día. Si alguien no venía, había que sobreponerse. Habían venido los demás.

Y allí estábamos, una vez más, sentados a la mesa del comedor, después de haber tomado el aperitivo mientras mi madre abría los paquetes de los regalos. Una auténtica comida de cumpleaños, cuando mi madre todavía no era abuela. Sin embargo, yo ya la veía como a una persona mayor, sin considerar que en ese momento no lo era. Se había situado en la infancia y nos miraba desde allí, como si nosotros fuéramos los verdaderos adultos, los que sabíamos de la vida mucho más que ella. Estábamos inmersos en batallas que le eran ajenas, aprendíamos cosas cada día, hablábamos con multitud de personas, mientras su mundo se había ido estrechando cada vez más. Pero eso ahora no importaba, porque en el día del cumpleaños todo podía empezar de nuevo.

Habíamos acabado de comer, aún no nos habíamos levantado de la mesa. Sonaron los teléfonos, los dos a la vez, porque respondían al mismo número, el negro del pasillo y el blanco, de esos que se llamaban «góndola», sobre la mesa camilla. Respondió Celia, que tenía el góndola muy a mano. Se puso de pie y nos dio la espalda.

–Espera, espera un momento –la oímos decir–. No te oigo bien, no te entiendo, no. Espera.

Nos miró y todos nos quedamos callados. Eugenia le quitó de las manos el auricular.

–Vale, vale, de acuerdo, ahora vamos.

Colgó y dijo:

–Era Félix, uno de los amigos de Rafael. Lo han encontrado caído en la ducha, pero respira, han llamado a una ambulancia. Van a llevarlo al Hospital Clínico.

No me fijé en los demás. Ni siquiera en mi madre. Me levanté y cogí a Eugenia del brazo.

–Vamos –dije.

Fuimos Eugenia, su marido y yo. A los demás, les pedimos que se quedaran con nuestros padres, a la espera. Pero mi padre, en cuanto reaccionó, cogió un taxi y también fue al hospital. Celia y su marido le acompañaron. Mi madre se quedó con Isabel, Virginia y sus respectivos maridos. La retuvieron en casa casi a la fuerza.

Eso nos cambió la vida. Rafael, que llevaba encima no sé qué combinación de alcohol y otras sustancias, se había resbalado en la ducha. Había decidido ducharse por eso, por ver si conseguía vencer aquella sensación agobiante, de ahogo, que se había apoderado de él. El golpe no era demasiado grave, lo peor era lo que tenía metido en el cuerpo. Le hicieron un lavado de estómago y, al cabo de unos días, lo mandaron a casa. A nuestra casa.

Estaba dispuesto a rehabilitarse, una vez más. Pero ahora iba en serio. Mis padres lo apoyaron, lo cobijaron. Salió adelante. ¿Del todo?, no lo sé, para mí ya se había convertido en un extraño. La única que parecía entenderlo era Celia. Tenían algo en común, una casi incontrolable tendencia a la dispersión. Celia aprovechó el momento para dejar temporalmente a su marido e instalarse en casa. ¡Cuántos éramos de pronto! Todos los cuartos estaban ocupados.

12. IRRUPCIÓN DE LA VIOLENCIA

Me asombró encontrarme con la voz del tío Felipe al otro lado del hilo telefónico. A pesar de que hacía mucho tiempo que no hablaba con él, reconocí su voz, porque las voces se reconocen mucho más fácilmente que las caras. El fenómeno de las voces siempre me ha impresionado. Las voces, en cierto modo, están separadas de las personas. Piensas que una persona a quien no has visto en tu vida debe de ser así o asá porque eso es lo que te sugiere su voz, luego la conoces y ves que es completamente distinta a como habías imaginado. Nunca aciertas. La voz es un disfraz insuperable. Creo que no le damos la suficiente importancia. A mí, esta falta de correspondencia me desconcierta profundamente. Algo debe de indicar. Algo que se me escapa.

Que yo hubiera respondido al teléfono –el teléfono negro del pasillo–, cuando el tío Felipe llamaba con el objeto de trasladarnos una noticia siniestra, era fruto del azar, que algunas veces parece tener algo de sabiduría. Se trataba de un asunto criminal y, de todos los miembros de la familia, era yo la persona con quien el tío prefería hablar, porque era la que había seguido más de cerca el asunto de la herencia de la tía Herminia.

–Me alegro de hablar contigo, sobrina –dijo, aliviado–. Tu padre no me puede ni ver, y lo que tengo que deciros es algo muy desagradable. Ha sucedido una cosa increíble, un drama, una muerte. Más concretamente, un crimen –declaró–. Ese hombre, el administrador de la tía Herminia, la de Larroque, ha sido encontrado muerto. Se ha dado un golpe en la cabeza. O se lo han dado. De momento es lo único que se sabe. Estaba en una especie de cobertizo donde al parecer se guardaban los juguetes de cuando Herminia era pequeña. Como te imaginarás, tu tía está en shock. Como sabes, habíamos impugnado el testamento de la tía Herminia y ahora va y se nos muere el beneficiario, ¡qué oportuno!, eso es lo que van a decir todos. ¡Dios santo!, no somos asesinos. Leonor tiene mucho carácter, pero a mí no me ha matado nunca, ¿por qué iba a matar a ese hombre? Sin embargo, está aterrada, cree que le van a echar la culpa. No le puedo quitar eso de la cabeza. Bueno, te paso con ella. A ver si puedes hacer que entre en razón.

De golpe, me encontré con la voz lacrimosa de la tía Leonor.

–¡Ay, hija mía! –dijo, y prorrumpió en sollozos.

Siempre me llamaba así, como si el nombre que llevábamos las dos nos ligara en esa forma de parentesco, la primordial, la más importante de todas.

–¡Esto sí que es mala suerte! –siguió, más recuperada. Ahora resulta que la persona contra la que estoy litigando está muerta, más aún, ¡todo apunta a un crimen!, ¡vaya desastre! Esto viene a estropearlo todo, date cuenta. ¿Quién ha podido hacerme una jugada así? Ya verás, me acusarán a mí. Diga lo que diga el tío, yo soy la principal sospechosa.

–A lo mejor se cayó y se dio un golpe. No tiene por qué ser un asesinato –aventuré.

–Un hombre como ese no se muere de muerte natural –dijo ella, terminante–. A esa clase de personas hay que matarlas.

–Pero ¿por qué ibas a matarlo tú? Seguro que estás descartada. Y te encontrabas muy lejos de la escena del crimen, ¿no? Eso es definitivo –dije, en tono de experta.

–No conoces a los policías, son mentes perversas –dijo, exhibiendo un conocimiento de esa clase de asuntos muy superior al mío–. Me ha entrado una especie de parálisis. No me puedo mover, literalmente. De lo contrario, iría a Larroque enseguida, quiero saber qué es lo que ha pasado. Le he pedido al tío que vaya para allá. Y te voy a pedir a ti otra cosa: que vayas con él. Ya lo conoces. Siempre ha estado en contra de la impugnación. De eso y de todo lo demás. Ya fue raro que de pronto me animara a meterme en este lío. Sé que tu tío no sacará del viaje nada en limpio, pero quiero que vaya para que lo vean, él es el sobrino de la difunta doña Herminia. Hay que dar la cara. Pero tienes que ir con él, te lo pido por favor. Tú conoces toda la historia. Eres la única persona en quien puedo confiar.

Típico de la tía Leonor. Esa era la clase de cosas que decía y que a mi padre le ponía enfermo.

En aquel momento, mi padre estaba abiertamente en contra de los dos, de su hermana y de su cuñado. No entendía cómo el tío Felipe había embarcado a mi tía en el asunto de la impugnación. En cierto modo, le parecía una cobardía. Se escudaba tras ella, la utilizaba. No le había bastado con ser un marido infiel, ahora quería sacar partido del carácter indomable de su esposa. A veces mi padre decía cosas como estas: «En eso tenía razón mi hermana, deberían haberse separado cuanto antes, a la primera infidelidad. Me arrepiento de los consejos que le di».

Cuando les dije que iba a ir a Larroque, esta vez con el tío Felipe, porque la tía Leonor me lo había pedido, nadie, ni siquiera mi padre, comentó nada. Había una muerte por medio. Todo se había vuelto demasiado turbio y a nadie se le ocurría nada que decir.

El verano estaba a la vuelta de la esquina. A mi alrededor, todo el mundo estaba cansado y haciendo planes para irse cuanto antes a donde fuera. No es que ir –más bien volver– a Larroque fuera la gran oportunidad de mi vida, pero algo era. Un asesinato no es un suceso cualquiera. Hace tiempo yo era una voraz lectora de novelas policiacas. Las obras de Agatha Christie fueron, después de los cuentos infantiles y de los relatos juveniles de tono didáctico de la colección Escelicer, mi primera gran pasión lectora como adulta. Así era como me consideraba yo, adulta, mientras devoraba aquellas novelas, todas muy parecidas. Luego pasé a otras cosas, pero las novelas policiacas siempre fueron el gran recurso para mí contra el aburrimiento y el atisbo de desesperación. Pasé tardes enteras, en invierno y en verano, leyendo novelas de crímenes y misteriosas desapariciones, especulando, sospechando de todos los personajes, acertando muy pocas veces al adjudicar la culpabilidad. Tardes de domingo, sobre todo, en las que me quedaba en casa en lugar de ir al cine con mis amigas o con un chico que no me gustaba demasiado. Esa clase de chicos eran los que siempre me proponían ir al cine.

Ahora tenía una novela delante de los ojos, porque aquello –la muerte repentina de Ramiro Salas– tenía que ser un asesinato. Todos los elementos que se reunían allí tenían unas características muy peculiares: la disputa por una herencia, una gran casa rodeada de un parque en el que crecían los árboles más extraordinarios del mundo, una familia aislada, mujeres que no saben nada de la vida y que, a su modo, parecen felices, enfermedades, intrigas, cotilleos. El escenario se prestaba. El hecho de que el cuerpo del administrador –¡el cadáver!– se hubiera encontrado en el cobertizo donde se habían guardado los juguetes de la última dueña de la casa añadía más patetismo. La infancia, los juguetes, los misterios de la vida: todo estaba allí.

No haría el viaje con el tío Felipe. Iría a Larroque por mi cuenta.

Creo que el tío Felipe no se esperaba que yo respondiera afirmativamente a la petición que me había hecho mi tía. Quizá, en el fondo, prefiriese ir solo. Si durante toda su vida había contado con la herencia de su tía Herminia o había desconfiado de ella, no lo decía. Eso siempre había enfurecido a la tía Leonor. Yo podía ser un testigo incómodo, alguien cuya presencia causa cierta molestia.

13. BREVE COMENTARIO DE MAURICIO BALLART

Intervengo de nuevo. Quiero manifestar que, aunque nunca me he propuesto escribir una novela policiaca, tal como le sucede a la narradora de esta historia, soy lector asiduo del género. Debo a las novelas policiacas muchas horas de distracción. Y de algo más que eso. ¡Hay tantas horas en las que no te sientes capacitado para representar el papel de persona, el que sea, que te haya tocado en suerte!, ¡qué consolador resulta perderse entre los laberintos que forman otras vidas y más aún cuando son laberintos cargados de peligros y amenazas, de enigmas, de la sombra del mal, de los emisarios de la muerte! Me pongo un poco trascendente, lo admito. No es algo que se espera de un escritor de novelas juveniles, pero todos escondemos algo tras la máscara que, en cierto momento y sin que acabe de saberse bien por qué, cae sobre nuestros rostros. O escogemos. Yo creo que hay mucho de eso. Escogemos. No es una idea que guste a todo el mundo.

Especialmente hoy. Pero creo que ese pequeño margen de libertad que, a fin de cuentas, tienen la mayoría de las personas en la vida –siempre unas más que otras– es lo que, finalmente, nos define.

Pero vayamos al asunto principal, la muerte. Más que eso, la muerte violenta, el asesinato, el crimen. Las novelas policiacas tratan de eso y atrapan toda nuestra atención. Al ponernos la muerte delante de los ojos, nos distraen de la vida. Nos llevan al borde del abismo, que durante las rutinarias horas del día queda fuera de nuestra vista. Los abismos atraen. Son zonas prohibidas. ¡Qué emoción produce transitar por sus bordes, sin caerse! Son otros los que se caen, los asesinos y los asesinados y, en cierto modo, la mano que les guía, los autores de novelas policiacas. ¡Cuánta audacia se necesita para afrontar un episodio de estos en una novela! Un instante de sangre fría, una súbita detención de toda idea de piedad.

Supongo que eso es lo que nos atrae a los lectores aficionados al género. La muerte siempre nos estremece, pero, en estas condiciones –hecha asesinato–, sentimos una conmoción mayor. ¿Qué umbral de perturbación, de maldad, hay que franquear para cometer un asesinato? Estamos hablando de un acto llevado a cabo por un ser humano y que, en lo esencial, supone la negación de toda humanidad. Un ser humano que da muerte a otro ser humano, ¿hasta qué punto es humano? La pregunta se nos clava en el corazón.

Al leer una novela policiaca, dejamos un poco de lado la profundidad a la que nos lleva esta pregunta, pero sentimos su peso. Su sombra siempre está ahí, acechando. Estamos transitando por un terreno peligroso, las categorías morales se tambalean, la frontera entre el bien y el mal se hace borrosa. Es la atracción del abismo.

Ciertamente, la sombra de la muerte planea sobre toda novela. Ningún escritor puede evitarlo, porque la novela se parece a la vida, que contiene a la muerte. Pero las novelas policiacas sitúan la muerte –la muerte violenta– en el lugar central. Es una decisión tomada con premeditación. En cierto modo, el autor se hace cómplice con el asesino.

Este es un paso que yo nunca he dado. No se me ha pasado por la cabeza. La sola idea me produce escalofríos.

En el fondo, no es el crimen lo que importa, sino la investigación. En las mejores novelas policiacas –o las que más me gustan a mí–, es la figura del detective lo que hace de ellas el modelo de toda novela. Creo que toda novela, de una forma u otra, es policiaca. El narrador es, siempre, una especie de detective. Observa a sus personajes, sigue sus pasos, los persigue, trata de introducirse en sus mentes y en sus fantasías. Aunque en la novela no haya un crimen ni un asunto único que resolver, el espíritu del narrador es detectivesco. Avanza entre sombras y vacíos, dejándose llevar por los hilos que va tejiendo el argumento y por su propia intuición. Cuando se siente perdido, desanimado, desorientado, se aferra a ese impulso primero que le llevó a idear la novela. No puede perder ese punto de referencia.

Al leer una novela en la que se narran sucesos tan extremos –pero marcados por la verosimilitud–, no podemos dejar de preguntarnos si todo eso que se cuenta ocurrió realmente o si se trata de un producto de la imaginación. En los últimos tiempos está de moda la frase «Basada en hechos reales». La encontramos inmediatamente después del título de muchas novelas, películas y series de televisión. Por la importancia que se le da a dicha aseveración, se deduce que, en la actualidad, los hechos reales dan prestigio a la narración. Estoy en total desacuerdo con esto. El que los hechos que se narran hayan sucedido realmente no hace que la narración adquiera más calidad. Es una cuestión que debe valorar el lector, el espectador, el interlocutor.

Por mi parte, creo que el prestigio lo dan otras características. No voy a extenderme en esto, ni es el momento ni, en principio, es lo que más me gusta hacer, aunque a todos nos tiente a veces lanzarnos a la teorización. Solo diré que en la llamada «realidad» ocurren muchas cosas, algunas de ellas francamente extraordinarias. La facultad de la imaginación, de la invención, nos da la posibilidad de añadir algo completamente nuevo –único y original– al inventario de los hechos reales. Esto me interesa mucho más.

En el caso de la novela olvidada, puede que se tratara, de todos modos, de un caso real. La autora contó la historia como sucedió: hubo una muerte, no podía eludir este hecho. Pero quién sabe, quizá todo fuera invención. Quizá la autora se propusiera escribir una novela policiaca.

Algo me empuja a dejar aquí, entremezcladas con las páginas de la novela, esta clase de reflexiones, como si creyera que los lectores desconocidos que, confiemos, alguna vez la tendrán en sus manos estuvieran dispuestos a darles tanta –mucha, poca o regular– acogida como a los hechos mismos que en ella se relatan.

14. PROSIGUE LA NOVELA. OTRA VEZ LARROQUE

Un viaje en tren y otro en autobús. Con madrugón incluido. Era un esfuerzo excesivo, me dije a lo largo de los dos trayectos. ¿Por qué había accedido tan deprisa a la proposición de la tía Leonor?, ¿acaso se trataba de una misión encomendada especialmente a mí por un ser superior? Sin embargo, no tenía más remedio que reconocerlo: algo de eso sentía, por absurdo que fuera sentir una cosa así. No tenía vocación de detective ni de policía, ni siquiera pretendía ser escritora de novelas policiacas. Huía de algo, creo. Muchas veces nos olvidamos de eso cuando buscamos una explicación a algo que hemos hecho sin pensarlo demasiado y que, poco después, nos causa cierto estupor. No es que vayamos en busca de algo, es que huimos. Buena parte de mi vida –y tiendo a pensar que la de muchos– ha consistido en eso, en huir. Eso es lo que en algún momento tendré que dejar atrás.

Hacía calor, pero soplaba una leve brisa. Los almendros, que en mi anterior viaje resplandecían con una luz suavemente rosada, se habían convertido en unos árboles más. Árboles verdes que se confundían con el verde mate del paisaje del verano. La tarde declinaba con lentitud, en lucha callada contra la oscuridad de la noche.

Cuando el autobús llegó a la parada de Larroque, vi al tío Felipe a la puerta de un bar. Fumaba un cigarrillo. Permaneció allí, apoyado contra el quicio de la puerta, hasta que, una vez que descendí del autobús, di unos pasos hacia él.

–¡Qué puntualidad! –exclamó–. No hace ni diez minutos que espero.

Parecía contento de verme.

–¡Ay, sobrina! –dijo luego–. No imaginas el revuelo que se ha producido en el pueblo. Creo que nadie se esperaba que viniera alguien de la familia. Todos se portan muy bien conmigo, me tratan con mucha educación, con respeto. El dueño del hostal me ha dado muchos recuerdos para la tía y le ha alegrado saber que también ibas a venir tú. Es un tipo simpático, no recuerdo su nombre.

–Mariano –dije.

–Sí –dijo mi tío–. No retengo los nombres.

El tío Felipe era todo calma. El hombre tranquilo por excelencia. Miraba las cosas desde lejos. A las personas apenas las miraba. Las infidelidades matrimoniales que en el pasado la tía Leonor le había atribuido parecían improbables. ¿Cómo iba a ser infiel una persona que no se fijaba en nadie? Tampoco era uno de esos hombres que, solo por el aspecto, quitan el hipo. Nadie más lejos de un galán de cine que el tío Felipe. Yo misma nunca le había hecho mucho caso. No ejercía de tío, como no ejercía de padre ni, por lo que decía mi tía, de esposo. A nuestros ojos, era un marido infiel y un padre ausente. Esa era la versión del tío Felipe que nos había transmitido la tía Leonor.

–Parece que sí, que lo mataron –comentó, en el mismo tono indiferente, cuando, ya en su coche, nos dirigíamos al hostal–. Eso es lo que corre por ahí. No sé quién podía estar interesado en matarlo. Su muerte no beneficia a nadie. Nosotros, al impugnar el testamento, nos convertimos, en principio, en sospechosos. Pero eso mismo nos deja de lado. Sería algo muy burdo, muy obvio, y no arroja ninguna claridad sobre el asunto, ¿por qué íbamos a estar interesados en matarlo? Lo único que queremos es recuperar la herencia. En fin, si hay un asesino, la policía dará con él. Están interrogando a todo el pueblo. También me han interrogado a mí. Lo primero que me han preguntado es por qué he venido. Es una pregunta muy razonable. Les he dicho que porque se ha empeñado mi mujer, que el asunto la había conmovido de forma extraordinaria y quería saber lo que había pasado. La verdad, en suma. Pero me han mirado como si fuera un marciano. Incluso con desconfianza. Menos mal que tengo coartada y estoy libre de sospecha. Conozco al policía que lleva la investigación. He coincidido con él en un par de siniestros. Parece un buen tipo.

Recordé entonces que el tío Felipe trabajaba en una compañía de seguros y que algunas veces, cuando se trataba de siniestros muy siniestros –él los llamaba «dobles siniestros»–, la policía también intervenía en las investigaciones.

En el rostro de mi tío se había dibujado una sonrisa que tardó en desvanecerse. Por unos instantes me dije que sí, que ese hombre no carecía de atractivo. Me lo imaginé con una vida secreta, incluso con otra familia, con otra mujer y otros hijos.

En el hostal, delante del mostrador de recepción, el tío Felipe se despidió de mí y me dijo que nos veríamos después, a la hora de la cena. Yo necesitaba un rato de descanso, darme una ducha, cambiarme, estirar el cuerpo, pero me asombró un poco que se fuera con esa rapidez. Son momentos en los que, no sé por qué, esperas algo más. Quizá solo hubiera querido eso, que mi tío se quedara a mi lado hasta que el trámite finalizara. Tener la seguridad de que todo estaba en orden.

Todo estaba en orden, eso fue lo que me dijo, exactamente, el chico de recepción. Me habían reservado una buena habitación. Ya tenían mis datos, no hacía falta que me identificara. Mariano, el dueño, me enviaba recuerdos. El chico me dijo también que los policías que estaban llevando el caso se alojaban en el hostal, pero que eran muy discretos. Luego, añadió:

–En el pueblo, ha dado muy buena impresión que la familia de la señora se haya presentado aquí. Ha sido todo un detalle. Desheredados y todo, han venido. Este es un asunto de lo más turbio. A ese hombre lo ha podido matar cualquiera. Nadie lo quería. Pero la muerte es algo muy serio. A ver si las cosas se resuelven pronto.

En mi cuarto me esperaban una botella de vino y unas pastas junto a la tarjeta de bienvenida: Feliz estancia. Era la primera vez que me pasaba algo así. No era razón suficiente para justificar el viaje, pero me gustó. Descorché la botella, bebí un par de copas, tomé un par de pastas. Tenía sed y hambre. Luego me duché y me tendí en la cama.

Me sentía agotada. El viaje había sido demasiado largo. Pero tenía miedo de quedarme dormida, así que, después de un rato, me levanté y bajé a la cafetería.

Yo creo que empezaba a desarrollarse en mí aquella fobia que se manifestó después, cuando, por razones de trabajo, tuve que hacer muchos viajes y conocer muchos hoteles, muchas habitaciones de hotel. No soportaba quedarme en la habitación cuando no dormía. Me sentía encerrada, al margen de toda vida humana. Las cafeterías y los bares de hotel han sido mi refugio, el lugar que más aprecio en los hoteles.

Allí estaba Mariano, el dueño del hostal, detrás del mostrador. Le di las gracias por la botella de vino que, a modo de bienvenida, me había dejado en mi habitación.

–No creas que lo hago con todo el mundo, guapa –dijo, como si fuéramos viejos amigos–. No se lo digas, pero a tu tío no le he hecho este recibimiento. Una cosa es tu tío, otra tu tía y otra tú. Hay que saber distinguir. Tu tía es una mujer de bandera –añadió para hacer otra distinción–. Siéntate a la mesa, la de la ventana. La he reservado para vosotros, luego empieza a venir gente y os quedáis sin sitio. Ahora te llevo algo de picar. El hostal está prácticamente lleno, y no es que sea temporada alta, pero entre las familias que adelantan sus vacaciones, los viajantes de comercio y la policía, ya lo tengo casi completo.

Me senté en el lugar que me había indicado Mariano. Estaba empezando a anochecer. Se habían encendido las luces del pueblo. Era la hora del recogimiento, la que más me gusta del día, la que se lleva todas mis angustias.

Mariano depositó sobre mi mesa una copa de vino y unos platillos con embutidos y aceitunas.

–Todo es de aquí –informó, y se me quedó mirando, sin decidirse a volver al mostrador–. Mira –se arrancó–, este es un asunto de lo más raro. Primero, lo de la herencia, que va a parar al sacristán, y ahora, el tipo aparece muerto. Vamos, que se lo han cargado. Hay muchas historias detrás de todo esto, aguas muy turbias. Me alegraría que tus tíos ganaran el pleito. Puede que esto les favorezca y puede que no. Pero yo creo que sí. Muerto el sacristán, ¿quién va a defender sus derechos?

–Así que crees que su muerte puede beneficiar a mis tíos –concluí.

–Desde luego.

–¿Y no les convierte eso en sospechosos?

Mariano se encogió de hombros. Eso a él le daba igual.

Dirigí la mirada hacia la puerta. El tío Felipe, que en ese momento estaba entrando en el restaurante, me hizo una seña con la mano y se acercó a mi mesa. No estaba solo. Un hombre mucho más joven que él, pero no del todo joven, iba a su lado.

–Roberto Navascués, el policía encargado del caso –dijo el hombre, tendiéndome la mano, en un gesto que me pareció casi militar.

–Le he invitado a cenar con nosotros –dijo mi tío.

Traté de recordar si en las novelas policiacas que yo había leído el detective se relacionaba de forma amistosa con los posibles sospechosos, pero no lo logré. Quizá fuera parte de su táctica.

En todo caso, me alegré. El atractivo que yo había atisbado en el tío Felipe cuando, hacía un rato, había esbozado una sonrisa se esfumó y fue bruscamente sustituido por la fuerza poderosa que irradiaba el policía. ¡Un policía, Dios mío! Allí, sentado a mi lado, mirándome. Un hombre que, en el mismo momento en que apretó mis manos entre las suyas, me hizo estremecer. Nunca me había pasado algo así. Una rendición súbita, total. ¿Sería efecto del vino, del extraño ambiente que nos rodeaba?

Me asusté un poco, porque el corazón se me había desbocado, y me horrorizaba que todos escucharan sus latidos y se dieran cuenta de lo que acababa de pasar. Me esforcé por disimular, por hablar poco, por mirar poco. En cambio, devoré la comida y seguí bebiendo vino. Por hacer algo, por mantenerme ocupada.

En cuanto terminamos de cenar, me excusé y me fui a mi cuarto.

15. EL AMOR

Si hay algo sobre lo que no puedo escribir, ese algo es el amor. Me quedo detenida en la primera frase. Así que ahora me encuentro con este problema, pero me he propuesto seguir adelante. No puede ser que el amor me paralice cuando no lo hace el crimen. Sobre todo, no lo hace la vida común y corriente, plagada de pequeños sobresaltos, de emociones secretas, de íntimos laberintos. Si con el asesinato pude –bien es verdad que un poco de pasada, de lejos–, tendré que poder con el amor.

Creo que nunca había sentido una conmoción como aquella. Quizá siempre pase lo mismo. Que cada vez que se altera el corazón, parezca algo inaudito, algo jamás vivido, muy superior a cualquier otra emoción conocida. Roberto Navascués lo eclipsó todo. Su imagen se apoderó de mí. Durante el día, a fuerza de voluntad, conseguía apartarla un poco, pero por la noche volvía con más fuerza y no me dejaba dormir.

Me pasé los dos días siguientes disimulando, evitando la presencia de Navascués, huyendo. Claramente, huyendo.

–Ya podemos irnos tranquilos –me dijo el tío Felipe mientras desayunábamos–. La policía está trabajando sobre algunas pistas. La investigación avanza con precaución pero con seguridad. Roberto, el detective, no puede decirme más, pero ya tengo lo suficiente para calmar a tu tía. Ningún miembro de la familia Fontán es sospechoso de nada, eso ha quedado absolutamente claro. Se han descartado todas las posibilidades, incluso la de que alguno de los dos, tu tía o yo, hubiera actuado con la complicidad de alguien del pueblo. Solo de pensarlo, vaya, no sé si reírme. Por encima de todo, hubiera sido un plan descabellado. Yo a ese desgraciado de Ramiro no le tenía mucha simpatía, pero de ahí a matarlo... Para eso hay que ser un asesino, hay que saber matar. Yo ni siquiera tomé parte en la guerra, no tenía edad para hacerlo, desde luego, pero nunca se me hubiera ocurrido alistarme, como hizo tu padre, que les engañó, porque aún no había cumplido los dieciocho años. Es por carácter, porque, de buenas a primeras, no me gustan las peleas ni las discusiones. Y también un poco por principios –añadió, con cierta dignidad y sin especificar a qué principios se refería.

Después de esta declaración, el tío Felipe volvió a sonreír de aquella manera que me había impresionado al llegar, como si estuviera pensando en otra cosa, sonriendo por otra cosa, pero ahora ya no me impresionó tanto. Yo sí que estaba en otra cosa.

La noticia, que se veía venir, de que ya podíamos volver a nuestra casa me lanzaba al vacío, ¿qué iba a hacer yo con mi obsesión? No íbamos a quedarnos en el Hostal Larroque toda la vida. Pero aquella huida permanente de Navascués, y aun de su sombra, era, en sí misma, un acicate. Lejos de Navascués, me quedaba sin objetivos.

–Tengo que organizar el viaje –le dije a mi tío–. Ya sabes, ahora es al revés, primero el autobús y luego el tren.

–Puedo llevarte a la estación que más te convenga –dijo él.

Se lo agradecí, y quedamos en vernos al cabo de una hora.

Hice el equipaje, que apenas me llevó tiempo, y hui de nuevo, esta vez, como tantas otras, de la soledad de la habitación del hotel. Me tomaría el segundo café, que suele ser un error, porque normalmente se queda ahí, en la boca del estómago, y cobra un peso desmesurado, desproporcionado, que acaba produciéndome una sensación de ahogo. Pero no soy de zumos ni de Coca-Cola. Si no tomo café, ¿qué tomo? A veces, el vacío anterior a tomar el segundo café resulta aún más difícil de sobrellevar que el malestar que luego sobreviene.

Al entrar en la cafetería, casi me di de bruces con Navascués. Me gustó. Ahora ya no quería huir.

–Me ha dicho tu tío que os marcháis –dijo, y se me quedó mirando.

Seguíamos muy cerca el uno del otro.

–Quédate un día más –dijo, y sentí que su mano se aferraba a mi brazo como, imagino, los náufragos se aferran a su tabla de salvación.

Me parece que no pronuncié palabra. No tenía fuerzas. Creo que me incliné un poco hacia él, supongo que fue así, porque de pronto entré en otro mundo, y en cierto modo mi cuerpo dejó de existir. Se convirtió en el suyo. ¿Es eso la pasión? Aún duele al ser recordado. Fue algo tan intenso que cuando, años más tarde, conocí a la persona con quien todavía convivo, tuve que decírselo. Que había conocido la pasión y que aquello ya nunca me volvería a pasar. Creo que él no le dio mucha importancia a aquella declaración. Siempre me ha considerado excesivamente romántica. A lo mejor pensó que lo decía para impresionarle, para hacerle pensar que su papel era quererme a mí más de lo que yo le quería a él. Se lo dije esa vez y ya no se lo volví a decir.

Cuando el tío Felipe bajó al vestíbulo con su bolsa de viaje colgada de la mano, le dije que podía irse él, que yo aún estaba pendiente de conocer algunos datos sobre el horario de los autobuses. Ya me las arreglaría. El mismo Mariano se había ofrecido para llevarme a la estación que hiciera falta. Eso no me lo estaba inventando.

Así que me quedé de pronto sola en el Hostal Larroque, ¡qué situación tan rara! Pero ni la herencia frustrada ni el litigio de la tía Leonor ni el asesinato de Ramiro Salas tenían la menor importancia para mí. No se podía entender qué hacía yo en aquel rincón del mundo. Nada me ligaba a él. No encontraría en él huellas de un pasado familiar. Pero algo, una fuerza superior, me había lanzado allí por algún motivo y ese era mi único presente, perfectamente aislado de todo lo demás. No recordaba haber sentido algo similar en otras situaciones de intensa emoción, en una ilusión de la infancia o en un amor juvenil. Todos los recuerdos palidecían frente a la intensidad de las emociones que me poseían, el presentimiento que se había apoderado de mi cabeza y que me decía que ese era un asunto de vida o muerte y que nunca, nunca, se volvería a repetir.

Durante el día, bendecido por la radiante luz natural de los inicios del verano, estuve yendo de aquí para allá, entablando conversación con quienquiera que se prestase a ello, los miembros de las familias de veraneantes tempraneros, los camareros, algún policía desorientado.

De Navascués, ni rastro. El día anterior, me había esforzado por evitarlo, pero ahora que solo quería encontrarme de nuevo con él no aparecía por ninguna parte.

Mariano fue mi recurso más frecuente. Estaba siempre ahí, al otro lado del mostrador de la cafetería. No se había extrañado de que me quedara en Larroque una vez que mi tío se hubiera marchado. Pensaba que Larroque merecía la pena y me señaló en un plano los sitios de mayor interés, que visité, con la esperanza, nunca satisfecha, de encontrarme con mi detective. Sabía que había que esperar, que durante el día él tenía muchas cosas que hacer. Y sabía también que había llegado la hora de la clandestinidad. Navascués, había comentado el tío Felipe, era un hombre casado. Procedería con cautela. Nadie tenía que enterarse de nada.

–Ese tipo es listísimo, y no para quieto –me dijo Mariano, al final de la tarde, en clara referencia a Navascués–. Ha interrogado a todo el pueblo. Con Araceli, la curandera, ha estado más de una hora. Otro tanto con Pascual, el marido. Los dos por separado. Estuvo también en casa del médico, del cura, de la señorita de Leoz, de Silveria, la madre del sacristán... A estas alturas, ya debe saber de este pueblo mucho más de lo que sabemos nosotros. Pero no suelta prenda, claro.

Subí a mi cuarto, a la espera.

Es curioso, pero no dudé. Sabía que vendría, que ni siquiera me haría esperar mucho.

Apareció pasadas las nueve de la noche. Traía consigo una bolsa de papel que contenía bocadillos y una botella de vino. No me dio la mano, no hizo el menor intento de aproximación hacia mí, como si fuera algo que hubiéramos pactado.

La habitación era amplia, había unas butacas y una mesa redonda en medio. Depositó la bolsa allí y lo fue sacando todo. Luego se dejó caer en una de las butacas.

–Confío en cerrar pronto este caso –dijo.

Me habló de su vocación, de los casos más difíciles que había tenido, de sus compañeros, de los cambios que se estaban produciendo, muy poco a poco, dentro de la policía. Tenía ideas avanzadas. Iba a votar a los socialistas, declaró. Aunque no comulgaba con su doctrina, pensaba que ahora eran necesarios. Era la única manera de que España cambiara. No deja de ser curioso que en aquel preámbulo habláramos, sobre todo, de política, pero por aquella época ese era el tema de todas las conversaciones y, además, hacía que nos sintiéramos más libres, menos convencionales.

En un momento dado, todo cambió. Apenas lo recuerdo ahora. Pero sí recuerdo algo de lo que sentí. Más que un estallido, fue un descenso, un despojamiento. Fue como llegar al fondo de un abismo sin haber tropezado previamente, sin haberte caído. Esa facilidad es lo que más me asombra ahora. Si se trataba de algo tan fácil, ¿cómo no había sucedido antes?, ¿cómo no sucede a todas las horas del día, en todas partes?

Me pidió que me quedara un día más, otro día más. Aún había hilos sueltos por atar, tenía una pista que quería confirmar.

Me quedé. Dos noches de amor, dos noches que se salen de toda coordenada conocida, del tiempo y del espacio, y que se saben destinadas a desaparecer, a convertirse en puntos diminutos que flotan y vuelan y no son nada.

Más tarde, durante el largo trayecto a casa, las retuve dentro de mí, las recreé mil veces, pero, curiosamente, ni siquiera se me ocurrió que se podían perder. No había lugar para la nostalgia. Quizá creyera que mi vida había cambiado radicalmente y que a partir de ese momento todo sería un poco así, fácil y suave. Me sentía dueña de una gran confianza en la vida y pensaba, vagamente pensaba, que solo había que estar allí, en medio de la corriente, y dejarse llevar.

16. AMOR EN VANO

En casa, se evitaba hablar del asunto. A mis padres no les había gustado que yo me hubiera dejado arrastrar por mis tíos en todo aquel barullo de la herencia de doña Herminia. Si no les había gustado al principio de todo, cuando se supo que no habían sido nombrados los legítimos herederos, menos ahora, una vez que se había producido aquel hecho terrible, la muerte –¡el asesinato!– del administrador. No entendían que yo hubiera acompañado al tío Felipe a ir a Larroque simplemente porque la tía Leonor me lo hubiera pedido. No lo entendían, y yo tampoco podía explicarlo, así que no hablábamos de eso.

Pero era algo que atormentaba o fastidiaba a mi padre, y de vez en cuando dejaba caer una frase para expresar esa opinión condenatoria que no le pedía nadie.

–Ahora estará arrepentida –dijo una vez, en referencia a su hermana–. Con esa muerte, se sentirá con las manos manchadas de sangre –dictaminó tétricamente.

No hice ningún comentario. Para mí, ese asunto estaba cerrado. Más aún que para ellos. Roberto Navascués no había dado señales de vida. Larroque había desaparecido del mapa. La felicidad había sido tragada por un ciclón invisible o como si hubiera caído en un agujero negro. ¿Qué podía haber pasado? ¿A quién podía recurrir yo? Me sumergí en la impotencia. Solo podía encomendarme al olvido, ejercitarme en él, borrar de mi memoria ese trozo de mi vida, desprenderme de él.

Fue una etapa oscura, con Celia y Rafael siempre presentes en la casa, no tanto de una forma física sino moral, invasora. No sé cuánto duró, unos meses o un año entero. Al cabo, Celia volvió con su marido, lo que se consideró una buena noticia. Pasados unos meses, Rafael también se fue. Se trasladó a casa de Celia. Eso también fue un alivio para todos. Mi madre vivía con el temor de que volviera a recaer, de que sus viejos amigos reaparecieran y se lo llevaran. Cuando salía de casa, se quedaba esperándole, haciendo como que cosía algo o veía la televisión, pero pendiente de los ruidos del ascensor, del timbre de la puerta. Mi padre se había negado a darle a Rafael un juego de llaves. Cuando mi hermano estaba en casa, mi madre tampoco estaba tranquila. ¿Qué hacía Rafael en su cuarto?, ¿qué leía?, ¿por qué dormía tanto?, ¿por qué nunca estaba en el cuarto de estar, con ellos, mis padres, aunque solo fuera algunos ratos? Apenas hablaba, era una sombra taciturna.

Cuando me quedé sola con mis padres, me dije que quizá también había llegado para mí el momento de marcharse. Pero ¿adónde iba a ir si, en el fondo, y pese a todos mis esfuerzos por olvidarme de él, aún estaba esperando la llamada, cada vez más improbable, de Roberto Navascués?, ¿qué decisión puede tomarse cuando se está a la espera de algo? El cuerpo y el alma se paralizan, su único objetivo es respirar, tener ánimos para seguir respirando. Si al fin llega lo que esperamos, nos encontrará fácilmente. No nos hemos movido.

Hacía mi vida de siempre. Asistía a las clases, tomaba apuntes, me examinaba, aprobaba, ¿qué haría cuando terminara la carrera? Ya se vería. Había dejado de escribir aquella novela que había iniciado tiempo atrás. El mundo seguiría sin mí. Sería un mundo que no me podría producir la menor emoción, un mundo que sería fácil abandonar.

Tenía alguna amiga, algún idilio esporádico. Iba al cine.

En las elecciones, ganaron los socialistas. Muy posiblemente, con el voto, recordé, de Navascués. Y puede que también con el voto de mi madre, que nunca quiso decir a nadie a quién había votado tras la cortina que ocultó sus gestos a los ojos de mi padre. Como tantos otros jóvenes de mi generación, yo también les voté. Esa fue la juventud que me tocó vivir.

Mi hermana Isabel vivía con Bernardo, lo que amargaba a mi padre. Dijeron que se casarían en cuanto el divorcio fuera posible en España, pero mi padre creía que el divorcio no iba a llegar nunca, que todos aquellos cambios –tantos y tan seguidos unos de otros– que se estaban produciendo no podían acabar bien y confiaba en que, de pronto y como por ensalmo, simplemente porque aquel despropósito no podía continuar, todo volvería a su cauce.

Eugenia y Virginia seguían, como siempre, lejos la una de la otra y lejos de todos los demás. A Eugenia, que había ido subiendo puestos en el escalafón administrativo de la empresa donde trabajaba, le hicieron una nueva oferta de trabajo. La rechazó y, poco después, logró un importante ascenso en su empresa de siempre. Virginia expuso sus obras en una galería de arte. Pero no sé si todos esos éxitos de mis hermanas sucedieron entonces o algo más tarde, no lo recuerdo bien.

El caso de la muerte de Ramiro Salas, del que en todo ese tiempo no habíamos tenido noticias, concluyó al fin con la detención de Pascual Molina, el marido de Araceli, la homeópata. La tía Leonor se lo explicó a mi padre por teléfono y después me lo explicó a mí. No se contentó con relatarlo una sola vez.

Todo había empezado cuando Araceli entró en casa de doña Herminia y les conquistó a los dos, a la señora y al lacayo, si a Ramiro Salas se le podía llamar así. Eso era algo que a la tía Leonor y a mí se nos había pasado por alto, la relación de la curandera con el administrador. Por lo visto, había sido muy fuerte. Sí, una pasión.

–Una pasión de otra época –dijo mi tía–. Eso ya no se da.

¿Otra época? Era cierto, todo eso pasaba en otra época. Por lo que me atañía, una época muy lejana, aunque a veces, de tanto esforzarme por olvidarlo, yo también lo ponía en duda.

–Eran amores secretos –dijo mi tía con admiración–. La curandera optó por convivir con aquellos dos perturbados, con la tía Herminia y el administrador. Los cameló a los dos. Hasta que el marido, otro perturbado, tomó cartas en el asunto y sacó a Araceli de allí. Ya sabes lo que pasó después, el negocio que montaron, que duró lo que duró. Para cuando la tía Herminia murió, ya estaba en franca decadencia, y Pascual había vuelto a la bebida. Entonces se produce la gran noticia. La señora ha dejado todos sus bienes al administrador. Una conmoción en el pueblo. A Araceli se la vuelve a ver por Villa Delicias. Ramiro es inmensamente rico. Una pasión como la que hubo entre ellos no puede olvidarse. La historia vuelve a empezar, ya sin la señora por medio. Ramiro, por supuesto, echó mano de todo cuanto estaba a su alcance. La ejecución del testamento se había detenido, pero ¿quién podía detenerle a él? El asunto llega a oídos de Pascual, que, en su estado permanente de embriaguez, ya no pretende enriquecerse. Solo quiere venganza. Cita a Ramiro en el cobertizo de los juguetes, no se sabe con qué excusa, lo mata a sangre fría, de un golpe. Lo encubrió para que pareciera un accidente, pero la policía nunca lo creyó. Han estado todo un año tras él. Al fin confesó y se entregó. No entiendo por qué tardaron tanto en detenerle. El tío habló con el policía encargado del caso, un tal Navascués, lo conocía de uno de los siniestros. Le dijo que el tipo ese, Pascual, era escurridizo y que, aunque andaba siempre muy bebido, sabía lo que había que hacer. Por lo visto, le tendieron algunas trampas, pero las esquivó todas. Menos la última, claro. No sé cómo fue la cosa, pero lo acorralaron y se dio por vencido. Una confesión en toda regla, eso era lo que buscaba el policía. Al fin, la tuvo. El tipo cantó –concluyó mi tía, en el supuesto tono y lenguaje de los policías.

Navascués. Ese fue el nombre que me atravesó, que borró todas las otras palabras. Así que el tío Felipe se había puesto en contacto con él, me dije, dolida, como si los dos, Navascués y mi tío, me hubieran quitado algo, un privilegio que yo me merecía. La traición imperdonable, para mí, era esa. En mi interior, me había esforzado por cerrar el caso de la herencia de los Fontán, el del asesinato de Ramiro Salas y de todo lo que me había llevado a Larroque, pero aún no me había librado de aquella visión. Aún vivía dentro de mí aquella persona en la que yo me había transformado durante las horas que transcurrieron junto a Navascués. No junto a él. Con él, siendo yo él o, al menos, no siendo yo y, probablemente, no siendo él tampoco lo que había sido hasta entonces. Esa visión aún vibraba en mi interior, aún me arrancaba del presente y me llenaba de nostalgia.

Había luchado por convivir con ella durante meses –¿todo un año?–, y ya estaba empezando a acostumbrarme, pero ahora tenía que volver a empezar. Resultaba más fácil, es verdad, porque ahora había por medio, así lo sentía yo, una traición. Eso me daba fuerzas. La indignación te empuja a hacer algo, lo que sea. La tristeza te paraliza.

Podía conseguir la dirección de Navascués, podía llamar al tío Felipe y pedírsela, podía arrastrarme hasta él y exigirle una explicación, ¿qué habían significado esos días para él?, ¿cómo podía haberme olvidado de una forma tan inmediata, tan fulminante?

Tenía que imponerse la dignidad, el orgullo de ser la persona que eres. Tenía que sobrevivir.

Volví al manuscrito interrumpido de mi novela. Y me imaginé que sería capaz de expresar en ella todas mis emociones, con todas sus sombras oscuras y dolorosas. Tenía que hacerlo, solo sobre el papel podría encontrar algún sentido a ese desbordamiento, esa agitación, esa parálisis. Solo sobre el papel podían encajar unas cosas con otras.

Fantasías, pero las fantasías nos sostienen en los momentos sombríos.

17. ÚLTIMA ESCENA DE AMOR

Uno o dos meses después, se produjo la noticia. Los tíos habían ganado el pleito y ahora eran dueños de una fortuna fabulosa. ¿Quién lo hubiera imaginado? Mi padre, rotundamente, no. Tampoco mi madre, aunque no con tanta firmeza. Los propios tíos no salían de su asombro.

Al final, el crimen les había beneficiado, decía mi padre. Durante la larga investigación policial, el litigio, ya de por sí paralizado, quedó más arrinconado aún. Pero, una vez resuelto, y ya con un asesinato por medio, el juez quiso quitárselo de encima cuanto antes. Estaba claro que todo el asunto tenía un fondo muy turbio. Por ahí deambulaban personas de dudosa moralidad. Mejor que las cosas volvieran a su cauce y que la herencia regresara a su ámbito natural, a la familia.

Ramiro Salas, por lo que se sabía, no había tenido descendencia. Su madre, que aún vivía, hubiera sido su heredera, o sus hermanos, si los tenía.

Mi padre lo ignoraba. Ni en sueños hubiera imaginado aquella feliz resolución del pleito en el que se había empeñado su hermana, pero, una vez que lo analizó un poco por encima, le pareció casi razonable.

¿Qué iban a hacer mis tíos con Villa Delicias, de todos modos? Era un lugar marcado por el crimen y por pasiones secretas. Pero era, también, un lugar muy hermoso. Los sueños de Ramón Fontán, un hombre ambicioso, inteligente y gran amante de la naturaleza, se habían materializado en él. Mis tíos no tenían prisa, dijeron, y eso a mi padre, que temía las decisiones precipitadas que pudiera tomar su hermana, le tranquilizó un poco.

Fue entonces cuando reapareció en mi vida Roberto Navascués. Aún pensaba en él, pero me había esforzado tanto por olvidarle, que la sola idea de que su recuerdo volviera a mí con la misma intensidad de los primeros días me resultaba agotadora. No sé si el tiempo todo lo cura, pero sí lo cambia todo, y en esos cambios, el dolor y la añoranza se van suavizando, forman parte, sin estridencias, del día a día. Algunas luces se han apagado, pero nos hemos acostumbrado a vivir en la penumbra, a mirar hacia dentro o en otras direcciones. Nos hemos ido separando del dolor. No queremos reconocernos en su territorio. Hemos adquirido otra personalidad.

Finales de junio. Una mañana de ardiente sol. La casa aún estaba habitada por el calor del día anterior. Durante la noche, no había corrido la más mínima brisa. Las ventanas se habían abierto y se habían vuelto a cerrar. Las persianas se habían bajado. En el piso reinaba la penumbra. Sonó el teléfono. Descolgué el del pasillo.

La voz de Roberto Navascués. ¿Qué me dijo?, ¿qué le dije yo? Los dos nos expresamos con torpeza. Pero yo me resistía a colgar el teléfono. Quería verle. Comprobar que no había sido un fantasma.

Estaba en Madrid, dijo. Si yo tenía un rato, nos podíamos ver. Había pasado tanto tiempo, tantas cosas habían sucedido a nuestro alrededor. Navascués mencionó el crimen. Yo hablé del pleito. Frases cortas, inconclusas. Sabía dónde vivía yo, quizá se lo había dicho un año antes, cuando le había dado mi número de teléfono.

No me dijo dónde se alojaba él. Pronunció el nombre de un bar y el nombre de una calle y propuso una hora, las ocho de la tarde. Sí, hoy mismo. Acababa de llegar a Madrid y se iba al día siguiente.

Ahora o nunca. No hacía falta que ninguno de los dos lo dijera.

Salí de casa una hora antes de la cita. Subí por la ancha calle de Bravo Murillo hacia la glorieta de Cuatro Caminos. Había buscado en el callejero de Madrid –ese volumen pequeño de tapas amarillas que acabé manejando con pericia y que rememoro con cierta nostalgia, como si hubieran quedado grabados en él muchos de los episodios de mi juventud– y había localizado la calle mencionada por Navascués. Llegué a esa calle mucho antes de la hora que habíamos concertado. Me senté en un banco y traté de buscar en mi interior recursos que me permitieran estar ahí y esperar como si no se tratara de algo excepcional, como si yo fuera una persona que siempre se sienta un rato en los bancos cuando sale a la calle. No sabía bien con quién me iba a encontrar, tampoco sabía lo que iba a decir yo. No tenía ganas de hablar. La gente pasaba por delante de mí, todos con ropa de verano, entregados a sus asuntos, perfectamente integrados en aquel tramo de la calle, como si lo hubieran recorrido cientos de veces y hubieran dejado en él parte de lo que eran, parte de su identidad.

Un año y muchos más. Era un tiempo que no se podía medir.

En algunas novelas decimonónicas, ese encuentro final entre los amantes no se llega a producir. Uno de ellos renuncia. No acude a la cita. La historia que vivieron ya es cosa del pasado. Cualquier intento de prolongarla, de reproducirla, está destinado al fracaso. Pero mi vida no era una novela que aspirase a dejar en el lector una impresión dramática. Yo sí acudiría a la cita, y si Navascués fallaba, las emociones resucitarían, ahora convertidas en odio. Me quería arriesgar. Lo sentí allí, sentada en el banco, mientras la gente pasaba por delante de mí sin mirarme. No nos mirábamos, ni ellos a mí ni yo a ellos. Ellos, como yo, tenían algo en la cabeza. Ideas grandes o pequeñas. En la vida no se renuncia de antemano, me dije, no hay motivos suficientes. Renunciar era entregarse a la ignorancia, al no saber. A la negación, en suma.

En aquel momento, lo único verdaderamente difícil era levantarme del banco y echar a andar. ¡Qué hubiera dado por que alguien me ayudara a hacerlo, por que alguien me tendiera la mano y tirara de mí y después me prestara su brazo para poder apoyarme en él!

Había sido un día de calor insoportable, y el aire estaba estancado, saturado. Costaba trabajo abrirse paso en él. En casa de mis padres, por la mañana, se había hablado de la posibilidad de instalar aire acondicionado. Algunos vecinos lo habían hecho. Mi madre recelaba, porque cualquier innovación la asustaba un poco, como si las innovaciones, en lugar de venir a facilitar las cosas, estuvieran destinadas, al cabo, a añadir a la vida más complicaciones. Con las que había, ya era suficiente.

Solo me puse en marcha cuando mi reloj de pulsera marcaba las ocho en punto. No me llevó más de tres minutos llegar al lugar de la cita. Un pequeño bar de barrio, algo desastrado, algo desapacible, ¿un bar de policías?, ¿de gente que conoce bien las calles, que ha hecho de ellas su principal ocupación, su hogar?

Lo vi enseguida. Me miraba, apoyado en la barra del bar. ¿Por qué, de pronto, me pareció un hombre cansado y muy mayor? Me acerqué a él y, de forma totalmente inesperada, me conmoví. Me estremeció su cansancio y su repentina vejez, el casi desaparecido brillo de sus ojos, sus manos de policía, su camisa, sus pantalones de verano.

Era la imagen de algo que me dolía como si fuera parte de mí. Una especie de resignación, una especie de resistencia.

Nos sentamos en un rincón del bar, pero estuvimos allí muy poco rato. Su hotel no estaba lejos. Quizá hubiera alquilado la habitación del hotel para nosotros y se alojaba en otro lugar. No sé por qué pensé eso. Probablemente, porque era policía y eso le obligaba a moverse con mucha cautela. Era una habitación sin huellas.

En ella quedó la nuestra, que duraría muy poco. A esa misma hora, al día siguiente, estaría habitada por otras personas o habría vuelto a recuperar su condición de habitación sin huellas.

La historia finalizaba allí. Los dos lo sabíamos, aunque no pronunciamos ninguna palabra de adiós. Quizá cada uno quería engañar al otro, ofrecerle la ilusión de que ese encuentro se prolongaría eternamente y que nuestras vidas no tendrían sentido si no avanzaban juntas, paso a paso, hasta donde nos llegaran las fuerzas. Ni por un momento podíamos permitir que la idea de desistir se filtrara en nuestro ánimo. Nos íbamos a instalar en la plenitud. Ninguno de los dos le podía dar al otro la mínima posibilidad de poner en duda su resolución. La pasión lo corroboraba, ¿para qué decir nada? Lo único que había que hacer era llegar al agotamiento, a la extenuación.

Fue una noche eterna. Yo ya lo había anunciado en casa: no iría a dormir. Lo dije por precaución, para que mis padres, que aceptaban las nuevas condiciones que se habían establecido en nuestra convivencia, no se alarmaran. Si decidía volver en mitad de la noche, tenía las llaves –las había tenido siempre, pero no el permiso de llegar tarde– y entraría en casa con sigilo para no despertarles.

Regresé al amanecer, antes de que el sol empezara a calentar con la fuerza avasalladora de los primeros días del verano. Ya dentro del portal y cerrada de nuevo la puerta de la casa, miré por última vez a Navascués a través del cristal. Aún puedo verlo allí, con su mirada triste. Aún puedo verme a mí misma, detenida a unos pasos de la puerta, inmovilizada. A mis espaldas, el ascensor. Esa escena, de pronto, se esfumó. Pasó al terreno de los sueños.

18. COMENTARIO DE MAURICIO BALLART SOBRE EL AMOR

¿Qué puedo decir yo del amor? En mis novelas –las que he escrito hasta la fecha–, el amor sobrevuela las páginas con cautela. Los lectores a quienes están destinadas aún no quieren entrar de lleno en este territorio, que les produce un confuso pero intenso temor. Remueve todas las inseguridades. A fin de cuentas, el amor supone salir de uno mismo, cosa que el adolescente no está dispuesto a hacer. El adolescente se recrea constantemente en su propio mundo. Él es el personaje principal, no desea compartir el protagonismo con nadie.

Mi «código literario» –de momento, me concedo llamarlo así– ha encajado perfectamente en estos presupuestos. Comprendo la actitud de mis lectores. Ya habrá tiempo para el amor, para sus zozobras, sus éxtasis y sus lágrimas. Ahora es el momento de otros descubrimientos.

No escribo novelas de amor, tampoco he sido proclive a leer novelas de amor. En mi juventud, solo las chicas leían aquellas novelas que se llamaban «rosas» y que debían tratar, de múltiples formas, de los sinsabores y alegrías del amor. Es, según parece, una literatura de género. Novelas rosas, novelas de amor, novelas que leen las chicas, las mujeres. Entre tanto, los chicos leíamos novelas de aventuras. A mí me gustaban las que se desarrollaban en amplios espacios, desiertos, el Oeste americano, continentes inexplorados.

Pero hay grandes novelas de amor, sin duda. El amor está siempre presente en las grandes novelas. Está ahí, porque las grandes novelas lo abarcan todo, ¿cómo podría el amor quedar fuera de ellas?

Si alguna vez yo escribiera una novela que traspasara los límites de la literatura juvenil, si alguna vez me atreviera a hacerlo, tendría que contar con el amor, enfrentarme a él, incluirlo en cada una de sus páginas. Creo, de todos modos, que nunca describiría mis propias experiencias amorosas. Me afectaron demasiado. Quizá no tenga palabras para eso. Ni para el amor ni para el dolor de la pérdida. Necesitaría mucha distancia para hablar de estos asuntos tan esenciales. Quizá pudiera escribir –lo digo con inseguridad– una historia de amor que no tuviera nada que ver con las historias de amor que he vivido. Quizá no pudiera hacerlo, pero, en cierto modo, lo veo más fácil que escribir sobre mis propias experiencias.

Quien más, quien menos, todos tenemos una

teoría sobre el amor. Con los años que tengo, puedo decir que he vivido experiencias muy diversas. En la actualidad, y ya desde hace cierto tiempo, vivo solo. En compañía de mi perra, eso sí. Dona, un cruce de podenco y labrador, una mezcla rara. Nos tratamos con cierta distancia, pero pasamos mucho tiempo juntos.

Me parece que ya no elaboro teorías. A lo mejor he traspasado cierta línea. Dicen que esta clase de líneas son muy volátiles. Cuando menos te lo esperas, todo se difumina y confunde. Un resplandor se vuelca sobre todas las cosas y desdibuja sus contornos, elimina las sombras, suprime los márgenes.

El amor, en todo caso, es el mejor sueño de la vida. Supongo que ya lo ha dicho alguien. Uno de esos autores que encuentran palabras y brillantes metáforas para todo.

Creo que la gran aspiración del escritor –aunque no sea capaz de escribir sobre él– es el amor. Más de una vez se ha dicho que se escribe contra la muerte, para detener el tiempo. Sería lo mismo que decir que se escribe en persecución del amor. Ni en la literatura ni en la vida sabemos bien cómo hacerlo.

Una importante filósofa del siglo XX, en una carta a un amigo, le confesó que le había llevado mucho tiempo comprender lo que era el amor. Tardíamente, había empezado a hacerlo. No recuerdo la cita de memoria. No sé si el verbo utilizado era «comprender» o «sentir». Me quedó la impresión de que el descubrimiento había sido venturoso, aunque, lamentablemente, muy tardío.

Tras la lectura, no hace muchos días, de la anécdota, me quedé pensativo. La filósofa, cuando escribió la carta que contenía esta confidencia, tenía más o menos la edad que ahora tengo yo. Quizá menos. ¿Acaso he llegado yo a este punto, a comprender el amor? Aún no lo he comprendido. Ni siquiera sé si llego a comprender del todo la frase. ¿A qué clase de amor hacía referencia la filósofa?, ¿un amor universal hacia el ser humano, un sentimiento profundo de amor a tus semejantes, de encajar en el mundo? No me parece que la filósofa se estuviera refiriendo a la pasión, al deseo de fundirse física, carnalmente, con el otro, sino a algo más. A mucho más.

En todo caso, la frase me impresionó. Para mí, lleva dentro un sueño, una imposibilidad. Comprender el amor, ¿cómo sería la vida si se pudiera lograr?

19. ALMUERZO EN EL RITZ

De la noche a la mañana, la casa de mis padres se llenó de niños y niñas en cunas y cochecitos de bebé. Mis hermanas, que se habían casado, las cuatro, en un periodo de tiempo que se contaba por meses, se habían puesto, también, a tener hijos todas a la vez, Isabel, Eugenia, Virginia y Celia. Tras un complicado proceso, Isabel había logrado la anulación de su matrimonio y hablaba de volverse a casar. Rafael, por su parte, se había enamorado de una chica que acababa de obtener el título de enfermera y se había mudado a vivir con ella. Yo también estaba buscando un lugar donde vivir. Para mis padres, había comenzado la época de los nietos y mi presencia en la casa había perdido buena parte de su sentido.

El tío Felipe y la tía Leonor, en un mes de mayo, concluidas ya las fiestas de San Isidro, vinieron a Madrid a pasar unos días. Se alojaron en el Hotel Ritz. Los Fontán –don Ramón y doña Inocencia– siempre se habían hospedado allí. Nos invitaron a comer. A mis padres, a mis hermanas, a Rafael, a mí, a todo el que quisiera ir, maridos, amigos o lo que fuera. Nadie quiso o nadie pudo. Solo mis padres y yo.

Se les veía contentos en su papel de ricos herederos. El tío Felipe miraba a su mujer con cierta admiración. Si no fuera por ella, seguirían con sus gastos controlados y sus discretas rutinas. Ahora se permitían ser como no habían sido nunca, despreocupados, frívolos, generosos. Parecían más jóvenes, tan bien trajeados y perfumados, alegres, comunicativos. Bien avenidos, eso era lo que llamaba más la atención. Estaban disfrutando a la vez de las mismas cosas. Se les había concedido la oportunidad de encontrar, al fin, algo que les unía: la buena vida que proporciona la abundancia de dinero. Daba un poco de vértigo mirarlos, ¿hasta qué punto era fuerte ese vínculo?

Mis padres se mostraron comedidos. Mi madre no les juzgaba porque no era capaz de juzgar. Mi padre, que siempre se había sentido superior a su hermana, no sabía bien qué actitud tomar. A él también le gustaba la buena vida y estaba libre de todo complejo social. Sabía desenvolverse en aquel ambiente. El lujo no lo intimidaba. Pero le molestaba la exageración. No soportaba que su hermana hubiera adoptado, de un día para otro, aquellos modos de suficiencia, ese aire de señora acostumbrada a vivir con comodidad, por no decir opulencia.

Puede que nadie disfrutara del todo de aquella comida. Tengo vagos recuerdos de ella. Era un comedor amplio, con mesas redondas muy separadas entre ellas, dos o tres ocupadas, el resto, preparadas para otros comensales. Los inmaculados manteles blancos, los platos, las copas, los cubiertos, las servilletas, además de las flores que parecían recién cortadas y que hundían sus tallos en cuencos de porcelana colocados en los centros de las mesas, hacían pensar en una celebración de unas características descomunales, desconocidas por mí. La luz de mayo se filtraba a través de los tupidos visillos, y las cortinas, que en mi recuerdo tienen un color dorado, trataban, por encima y a ambos lados de los ventanales, de retener algo de aquella luz, de convertirla en reflejos que no pudieran molestar a los ojos. Las lámparas que colgaban del techo, además, estaban encendidas. O puede que no, pero sus lágrimas de cristal brillaban.

Creo que todos estábamos un poco abrumados por la solicitud –¡y multitud!– de camareros. ¿Era necesario que nos prestaran tanta atención? Éramos personas corrientes. Hasta hacía muy poco, todos nosotros no éramos ni ricos ni pobres, éramos personas que, en ocasiones, otras han mirado con cierta envidia, personas que se mueven por su mundo conocido con solvencia, que han viajado y que se han alojado en hoteles, pero ese ambiente nos era completamente ajeno. Sabíamos que existía, lo decían las crónicas, los periódicos, los libros, las películas, y sabíamos que había seres que lo habitaban, pero no acababa de ser real. De pronto, el tío Felipe y la tía Leonor eran parte de él. Siempre habían estado cerca de ese mundo. Lo habían presentido en sus visitas a Villa Delicias. La tía Leonor había soñado siempre con él, había sido su paraíso prometido. Lo tenía ahora. Aquí, en la tierra.

Mi madre consiguió sobreponerse. El vino la ayudaba. Venía de una familia de grandes bebedores. En eso vencía a mi padre, porque él acusaba, antes que ella, la influencia del alcohol. Como mi madre, además, tenía una gran capacidad de adaptación y no desentonaba en ninguna parte, fue la que probablemente mejor se lo pasó. El camarero encargado del vino enseguida simpatizó con ella y estaba pendiente de que su copa no estuviera nunca vacía.

Pero la tía Leonor, que también hubiera podido disfrutar del momento, perseguía un imposible: la aprobación, la bendición de su hermano. Eso era algo que mi padre nunca le daría. La lucha venía de lejos y no estaba destinada a resolverse. Mi padre no disimulaba, aquello le parecía un despropósito. Ver a su hermana representando el papel de gran dama revolucionaba su sistema nervioso.

En cuanto al tío Felipe, había perdido su identidad. Nos miraba desde el nuevo lugar en el que la obstinada lucha de su mujer le había situado. Era ella la que había salido victoriosa y ahora, en cierto modo, él se encontraba en una situación de inferioridad, casi de sumisión. Doña Herminia había sido su tía, no la de su esposa, y la herencia recaía sobre los dos, porque eran un matrimonio a la antigua usanza y no habían separado sus bienes –esa práctica, hoy día muy común, apenas había empezado a seguirse en nuestro país–, sin embargo, no era él quien había dirigido la operación. Se había limitado a observar y, cuando más, a no hacer comentarios desalentadores. El tío Felipe, por sí solo, no se hubiera metido en aquel pleito. Estaba más silencioso que nunca.

Me pregunté si, ahora que era rico, no habría destinado una pequeña parte de su fortuna a aquella familia secreta que los rumores le atribuían y de la que yo no tenía la mínima prueba. Podía no existir. De existir, ¿cuántos miembros la compondrían?, ¿tenía el tío Felipe otros hijos?, ¿chicos?, ¿chicas?, ¿seguía siendo una familia secreta? Probablemente, era mi imaginación de novelista la que me conducía a esos pensamientos.

La comida llegó a su término. Camino de la puerta acristalada del hotel, la tía Leonor me tomó del brazo y me pidió que me quedara un rato más con ella, ¿no me apetecía un café? Mis padres se despidieron y el tío Felipe, que era persona de siesta, se dirigió hacia el ascensor para recluirse en su habitación durante un rato que podía ser bastante largo.

–Como en Larroque –dijo mi tía, sentadas ya las dos en un rincón del bar–. Solas tú y yo.

Yo también estaba pensando en Larroque, precisamente por la diferencia que existía entre aquel hostal de pueblo y el lujoso hotel madrileño en el que ahora nos encontrábamos.

–No dejo de darle vueltas a una cosa –dijo la tía Leonor, casi en susurros, como si tuviera miedo de que alguien que no fuera yo pudiera oírla–. Mi cabeza es un torbellino. Es algo que Amalia, la señorita de Leoz, como la llaman todos en el pueblo –aclaró–, dejó caer una vez. Cuando estamos en Villa Delicias siempre la voy a ver. Es una mujer muy interesante, es inteligente, muy leída. A ti te gustaría –manifestó con seguridad–. Parece mentira que haya sido tan amiga de la difunta Herminia, con lo simple que era la pobre. Pero eran hijas únicas las dos, de manera que algo sí tenían en común. Y, además, ¿qué puedes esperar de un pueblo desconectado del mundo? Te agarras a lo que hay.

Tras una pausa algo enfática, prosiguió:

–Cuando se conoció la noticia de que la familia había ganado el pleito, Amalia se había alegrado mucho, me dijo enseguida la primera vez que la fui a visitar. Siempre había desconfiado del administrador. Lo mismo que Mariano, el del hostal, no sé si lo recuerdas. En opinión de la señorita de Leoz –recalcó con complacencia–, la mala naturaleza de Salas quedó totalmente probada cuando, tras ser nombrado heredero de los bienes de doña Herminia, dejó a su propia madre completamente al margen. Ni siquiera se había acercado a su casa a comunicárselo, no digo para darle u ofrecerle algo. Nada. Eso hubiera bastado para descalificar al hombre, pero había otras cosas que, hasta el momento, Amalia no ha sido capaz de especificar y que le habían hecho sospechoso a sus ojos desde el principio. Luego estaba su relación con Araceli, la homeópata. Por lo visto, fue más larga de lo que se llegó a pensar. La señorita de Leoz no tiene sobre la curandera una opinión clara. Eso es algo curioso. Por un lado, la considera muy manipuladora, es una mujer, dijo, que sabe aprovecharse de la gente, que conoce las debilidades humanas y que saca partido de ellas, pero a la vez, no sé, creo que siente cierta simpatía hacia ella. Siempre acaba diciendo que es muy simpática, que tiene una especie de don y que eso no se puede negar. Pero el asunto central no es este. El asunto es algo mucho más delicado.

Mi tía tomó aliento de una forma un poco teatral. Siempre había tenido dotes de actriz, pero ahora estaba especialmente satisfecha con el papel que había decidido representar.

–Meses después de que Pascual, el marido de Araceli, irrumpiera casi violentamente en Villa Delicias para llevársela a su casa, la mujer dio a luz –dijo–. Eso, en sí, no es tan extraño, había dado a luz en ocasiones anteriores, cinco, si no me equivoco. Pero al parecer ese niño desapareció enseguida. Nadie llegó a conocerlo nunca. ¿Murió? Nadie lo dijo. Te preguntarás cómo puede ocultarse una cosa así. Eso fue lo que le comenté a Amalia la última vez que la vi. Y esto es lo que ella me dijo: «Yo creo que ese niño es de Ramiro Salas». Solo eso. Ni más ni menos. No quiso decirme más, se cerró en banda. Estaba claro que no quería seguir hablando. Alegó un gran cansancio y me tuve que despedir, pero no me quito este asunto de la cabeza. No sé –suspiró–, es algo que me tortura. Porque si Ramiro Salas tuvo un hijo con Araceli, la fortuna de la tía Herminia, de no haber puesto nosotros el pleito, a la muerte del padre hubiera ido a parar a él, si es que está vivo.

Parecía algo muy rebuscado.

–En el fondo, es una historia muy simple –dijo mi tía, como si me hubiera leído la mente–. El mundo está lleno de historias así.

Ella sabría. Quizá tuviera razón.

–Voy a seguir indagando –dijo–. Es lo que te quería decir. Tú siempre me has apoyado. Solo por contártelo ya me siento mejor, más aliviada. Al tío, como comprenderás, no le he dicho nada. Pero necesitaba decírselo a alguien. Este asunto me corroe. No quisiera que por mi culpa alguien se quedara sin algo que, en justicia, le pertenece. Si el niño sobrevivió, ahora tendrá unos veinte años, quizá más. Si lo encuentro, me ocuparé de él.

En el vestíbulo del hotel, mi tía me dio un abrazo.

Pasados unos minutos, todas sus emociones se quedaron a mis espaldas, a resguardo de la tarde de mayo, de los árboles que confiaban sus hojas recién brotadas al aire fresco de la primavera, de los viandantes que se cruzaban conmigo o iban a mi lado o a unos pasos de mí, de otras emociones.

20. DE NEPTUNO A QUEVEDO

Si hubiera tenido el callejero conmigo, aquel libro pequeño de tapas amarillas que durante mucho tiempo llevaba siempre metido en el bolso, me habría sentado en un banco bajo los árboles del paseo de Recoletos y habría estudiado un poco el itinerario que desde allí me podía conducir a casa sin dar demasiados rodeos. De la plaza de Neptuno a la glorieta de Quevedo, una buena distancia, pero no excesiva. De Neptuno a Quevedo. Un itinerario que no tenía nada que ver con el dios de los océanos ni con un prócer de nuestras letras. Eran calles y plazas, árboles, gente, coches, autobuses, entradas al metro, quioscos de periódicos. Era la vida cotidiana de una gran ciudad que se había ido haciendo mía con la ayuda del callejero, que tenía muchas de sus páginas dobladas por la esquina, señalando los lugares a los que me había ido desplazando. No me senté en uno de los bancos del paseo, pero sí evoqué el mapa de Madrid, y eché a andar desde

Neptuno hasta llegar a la calle de Bárbara de Braganza, un poco en cuesta arriba.

Fue allí, mientras ascendía lentamente por ella con la idea de llegar después a la glorieta de Santa Bárbara, cuando me invadió el pensamiento de Navascués. Había estado presente de forma fantasmal durante toda la comida familiar, porque Navascués pertenecía al mundo que mi tía Leonor me había hecho conocer, pero el comedor del Hotel Ritz, con su despliegue de luces, flores, su ruido de platos, copas y cubiertos, y el desfile incesante de camareros, lo había eclipsado. Ahora que mis pasos ya estaban más encarrilados hacia mi casa y que mi mente se había relajado, la sombra de Navascués pasó a ser, de pronto, una presencia casi física.

En mi cabeza se reprodujo la noche que pasamos juntos en aquel hotel que estaba unos metros más allá de la glorieta de Cuatro Caminos. No había vuelto por allí. Era un barrio que, de pronto, había desaparecido para mí. Ese nombre, Cuatro Caminos, a diferencia de los de Neptuno o Quevedo, que nunca habían despertado en mí evocaciones concretas, me hacía pensar en dudas y encrucijadas. Aunque el nombre, Cuatro Caminos, resultaba armonioso, porque remitía a la figura de una cruz o de un cuadrado –líneas geométricas claras–, no me transmitía una impresión de armonía, sino de caos. El barrio que se abría en ese punto de Madrid era bullicioso y producía una continua sensación de trasiego, de gente que salía de todas partes, personas a quienes no conocías y a quienes esa ignorancia y esa indiferencia no les importaba en absoluto porque ellas tampoco te conocían a ti. Ahí se había quedado mi historia con Navascués.

¿Por qué no me había llamado?, ¿no había yo prolongado mi estancia en Larroque porque él me lo había pedido?, ¿adónde habían ido a parar aquellos dos días tan llenos de pasión, de horas de espera, de horas de entrega? Se lo pregunté en cuanto entramos en la habitación vacía, deshabitada, de aquel hotel. Sin embargo, había una bolsa de viaje sobre una silla. Algo era.

Mi detective no tenía respuestas satisfactorias para aquella serie de preguntas. El caso de Ramiro Salas le había llegado a obsesionar. No tenía cabeza para nada más. Había identificado al asesino desde el principio. Había investigado los antecedentes de Pascual, el marido de la homeópata, y no tenía dudas al respecto. El problema era cómo atraparlo y cómo obtener su declaración de culpabilidad. Había sido un proceso largo y difícil, y en determinados momentos, lo admitía, se había venido abajo. Sí, eso había desencadenado una crisis personal. No es que se hubiera olvidado de mí, eso no, estaba seguro de que volveríamos a vernos, pero ese no era el momento, ahora tenía que sobreponerse y seguir.

¿Cómo iba yo a entender aquellas razones?, ¿cómo decirle qué había sentido yo durante todo aquel tiempo? Me sentía incapaz de hablar. Hay ocasiones en que las palabras te abandonan, te parecen inútiles. Te encuentras a solas con tu cuerpo, con todo lo material que tienes, que ves, que hueles, que tocas. Te aferras a los sentidos, al presente. Y me dije que, a fin de cuentas, a él le debía de pasar lo mismo y que lo que teníamos era eso: esa habitación de hotel, esa noche. No era bastante, pero tenía que bastarnos. Por eso había que agotarla, no desperdiciar ni un átomo de aquello que se nos ofrecía. Al menos, no podríamos hacernos ese reproche, ni el uno al otro, ni cada uno a sí mismo. Nunca podríamos volver la vista atrás y decir: lo dejé pasar.

Mientras me iba acercando a casa –había enfilado ya la calle de Fuencarral y en unos minutos me encontraría en terreno conocido, ese tramo de la calle que va de la glorieta de Bilbao a la de Quevedo, mi universo más próximo y querido–, sentí de nuevo aquella emoción y la comprendí, le di mi bendición, asumiendo el papel de un dios benigno y compasivo ante las desdichas de sus torpes criaturas.

Algo de lo que me había contado la tía Leonor mientras tomábamos café en un rincón del bar del Hotel Ritz, a resguardo de las miradas de las personas que deambulaban por el amplio vestíbulo, ligaba aquella escena con la noche de hacía tanto tiempo –un tiempo infinito– que ahora llenaba mi cabeza. ¿Qué había dicho mi detective cuando ya la luz del amanecer se presentía en el cuarto? Algo sobre aquel hijo que había tenido Araceli. ¿Qué había sido de ese niño? Eso no le incumbía a él, había policías especializados en esa clase de cosas, hijos ilegítimos, adopciones..., con ese tipo de asuntos se tenía manga ancha. Demasiado ancha, en opinión de Navascués. Que Pascual, el marido de Araceli, había dado muerte a Salas, de eso no cabía la menor duda. El motivo aparente eran los celos, y así era, claro, pero quizá los motivos iban algo más lejos. Navascués no quería perderse en extrañas especulaciones, pero la posible existencia de ese niño complicaba las cosas. ¿Quién era el padre del niño?, ¿Pascual?, ¿Ramiro Salas?, ¿un hombre desconocido? Decidió dejar el asunto de lado. Bastante tenía con atrapar a Pascual. Que se confesara culpable, eso era lo único importante. Lo demás estaba más allá de sus competencias. Pero alguna vez pensaba en eso, un cabo suelto. Siempre quedan por ahí cabos sueltos que solo el tiempo puede resolver.

No reparé, cuando fueron pronunciadas, en esas palabras de Navascués, que se quedaron dormidas en mi interior, sepultadas por las emociones. Pero aquella tarde regresaron a mí, las inquietudes de la tía Leonor las habían despertado. Regresaron un momento, pero enseguida volvieron a perderse en el pasado. No era Larroque ni aquel sórdido y criminal episodio de celos lo que yo quería retener en mi memoria. Quería el amor, todo lo que en la larga noche pasada con Navascués en un hotel que no estaba tan lejos de allí hubiera habido de amor.

En casa, me esperaba una sorpresa. Aquel día estuvo lleno de acontecimientos. En ocasiones, parecen llamarse unos a otros, como si se necesitaran mutuamente o recelaran de aparecer en solitario, por miedo a ser acusados de algo.

En el cuarto de estar, reinaba un ambiente festivo. Vi a Rafael, a Celia y a Marcos, su marido. Mis padres, cada uno en su sillón, y con una copa de vino –como si no hubieran bebido bastante durante la comida– sobre la mesa que cada uno tenía siempre a su lado, les miraban, complacidos, pero con cierta perplejidad. Rafael les acababa de comunicar que se casaba.

Era una buena noticia, desde luego. El hijo problemático ya no iba a depender totalmente de ellos. Pero ¿quién puede garantizar un futuro estable? Celia y Marcos parecían empeñados en contagiar su entusiasmo a mis padres. Abracé a mi hermano y lo felicité, ¡ya era yo la única de la familia que permanecía soltera!

Me parecía muy bien que Rafael se casara, pero no me sentía capaz de dar grandes muestras de alegría. Me senté al lado de mi madre, que se limitaba a sonreír, como si se hubiera quedado sin palabras.

Le comenté algo sobre la comida en el Ritz, sobre lo cambiados que estaban los tíos. Quería alejarla un poco de allí, traer otros asuntos a su cabeza. Mi madre asintió. Luego me pidió que fuera a ver si había algo en la nevera, jamón o queso, y que también mirara en la despensa por si quedaba algún bote de aceitunas. Y que abriera otra botella de vino, desde luego.

Fue un encargo oportuno, y me entregué a él con un celo que hubiera podido calificarse de profesional. Hice ese recorrido mil veces, del cuarto de estar a la cocina y de la cocina al cuarto de estar, deposité bandejas, servilletas, platos y cubiertos sobre las mesas, estuve atenta a las copas vacías, descorché botellas de vino y lo vertí en ellas. No llegué a la solicitud de los camareros del Ritz, aunque, curiosamente, pensé en ellos. Durante el par de horas que había durado el almuerzo, habían estado muy cerca de mí, pendientes de mis gestos. Probablemente nunca les volvería a ver. De golpe, me sentí feliz, lejos de ellos y de tantas otras personas. Mi mundo se encontraba fuera del alcance de los demás. No sé qué fue lo que hizo que esa sensación fuera tan intensa, quizá el estar ahí, un poco al margen de todos, en un lugar desconocido para ellos.

Así concluyó ese día tan agitado. Entregada a un presente que había reclamado mi ayuda, mi participación. Repentinamente olvidada de las pasiones y los amores que no se podían retener. Nada de anclas, nada de cajas herméticamente cerradas. Solo volar se parecía algo a lo que aspiraba mi corazón.

21. LA NUEVA VIVIENDA

Me gustaba aquel piso, un bajo de un edificio moderno en la calle General Ampudia. Yo pagaba por mi habitación, mi baño y mi derecho a la utilización de la cocina, que compartía con dos inquilinas más, una de las cuales era amiga mía. A la otra, que pertenecía al mundo del teatro, la veíamos poco. Mi cuarto era pequeño, pero el baño, también pequeño, era todo para mí. Los otros dormitorios eran más grandes que el mío, el otro baño, también, pero lo tenían que compartir.

¿Cuánto duró aquella época? España se estaba transformando, a una nueva ley le sucedía otra. Ya parecíamos europeos. ¿De qué vivía yo? Mis padres no podían ayudarme y yo tampoco se lo pedí. Hacía lo que fuera. Vendía enciclopedias puerta a puerta. «Puerta fría», lo llaman. Era correctora de estilo, profesora particular, escribía guiones para televisión. Eso, finalmente, me salvó. Firmé un contrato fijo. Me pagaban por inventar todo tipo de enredos entre multitud de personajes de todas las edades, muchos cuartos de estar, muchas cocinas, y algunos viajes por carreteras secundarias. Por aquella época, cuando me quedaba sola, no escribía novelas. Bastante tenía con todas aquellas historias improbables, esos diálogos disparatados, inverosímiles, que, asombrosamente, eran aprobados sin objeciones.

Mis padres vinieron a conocer el piso. Creo que se lo sugerí yo, después de que me hubieran hecho muchas preguntas sobre mi nueva vivienda. Tuve la impresión de que les gustó más de lo que habían esperado. Y como Carla, mi amiga, les caía bien, se marcharon bastante tranquilos. Beatriz, la tercera inquilina, se pasaba el día fuera de casa, y mis padres no la llegaron a conocer.

No recuerdo que me visitaran una segunda vez. Mi piso no estaba demasiado lejos del suyo, pero mi madre, que dedicaba parte de la mañana a hacer recados, y hubiera podido venir a verme de vez en cuando, nunca salía de las calles de su barrio. Durante mucho tiempo le reproché que no hiciera, en sus ratos libres, una vida independiente de mi padre. Tardé mucho en darme cuenta de que solo dentro de las calles de su barrio se sentía segura. Allí la conocían y la saludaban, porque le gustaba hablar con los tenderos de los puestos del mercado y con los dependientes de las tiendas, con los vecinos que se cruzaban con ella por la calle y se detenían un momento. Conocía sus vidas, les preguntaba por los hijos que ya no vivían en sus casas, por sus enfermedades, por sus viajes. Aún tardé más en darme cuenta de otra cosa, que le gustaba estar en casa cuando mi padre regresaba del trabajo y se tomaban juntos la primera copa de vino de la tarde. Creía que, de todos quienes la rodeaban, era yo quien mejor la comprendía, pero pasé por alto algunas cosas importantes. Solo después de que ella muriera, empecé de verdad a comprenderla. No solo estaba asustada, como todos, o triste o decaída: podía arrancarle a la vida destellos de felicidad. Lo hacía constantemente. Pero los hijos son ciegos cuando dirigen la mirada hacia sus padres. Lo supe mucho después, cuando recibí la mirada de mis propios hijos, siempre en busca de sombras y reproches. Yo hice lo mismo. Aunque mi madre haya sido la persona a quien más he amado en el mundo –más que a mis hijos, eso he pensado algunas veces, aunque creo que no, que los hijos siempre están por encima de todo–, mientras vivió, ese amor estuvo envuelto en reproches. El amor de los hijos es un amor tirano, desmesurado.

Instalarme en el piso de la calle General Ampudia hizo que me alejara de mi familia. Era como vivir en otra ciudad, casi en el extranjero. Rafael, que vivía en una estrecha calle del barrio de Argüelles, tampoco demasiado lejos de la mía, pero en otro universo, apareció una mañana en mi casa sin previo aviso. Lo hacía con cierta frecuencia. Tenía un perro enorme, blanco y peludo, a quien sacaba constantemente a pasear. Su rabo se agitaba en el aire, golpeaba los muebles, tiraba al suelo libros y tazas, lo que se le pusiera por delante, pero Rafael no le reñía jamás.

–Esta mañana he pasado por casa de los padres –dijo.

Dejó sobre la mesa de la cocina la mochila que, llena de provisiones –agua para él y para el perro, no sé qué golosinas o galletas, también para el perro–, llevaba siempre colgada a la espalda. La abrió y sacó un paquete,

–Es de la tía Leonor. No debe tener tu nueva dirección, a lo mejor ni siquiera sabe que ya no vives allí. Mamá me pidió que te lo trajera.

Debía haber llegado esa misma mañana, me dije, porque, como todos los días, el anterior había hablado por teléfono con mi madre. Era ella quien llamaba, alrededor de las ocho de la tarde, una hora larga antes del pequeño trajín de la cena.

Rafael se marchó enseguida, sin siquiera aceptar la cerveza que le ofrecí. Llevaba una vida muy ordenada. Y ya empezaba a apretar el sol. Estaba deseando llegar a su casa y darse una ducha con la manguera, y dársela también al perro, que jadeaba de calor, en la pequeña azotea de su piso, el último del edificio.

A última hora de la tarde, abrí las ventanas del cuarto de estar, que habían estado cerradas durante todo el día para evitar el sol. Empezaba a correr una leve brisa. Tenía toda la casa para mí. Beatriz, como de costumbre, estaba trabajando o quizá de viaje, no lo recuerdo bien, Carla tenía no sé qué plan. Abrí el paquete que me había enviado la tía Leonor. Los diarios de doña Herminia, eso era. Y una carta, muy breve, de mi tía diciéndome que de pronto se había acordado de que alguna vez yo había expresado interés por aquellos diarios. Pues bien, ahora que ya era dueña de todo lo que había pertenecido a la bendita señora, también había entrado en posesión de los diarios. Les había echado una ojeada. No tenían el menor interés, a su parecer. Anotaciones escuetas sobre asuntos casi impersonales, el tiempo, ciertas rutinas. Ninguna opinión sobre nada. Pero, bueno, me los enviaba, porque yo tenía talento para eso –¿para qué?, no lo decía–, quizá a mí esas frases que a ella le habían parecido sumamente banales me dijeran algo.

Los diarios, seis volúmenes, pequeños libros encuadernados en telas de flores, no tenían llenas todas sus páginas. Ni mucho menos. Doña Herminia los había empezado y, año tras año, los había ido dejando entre febrero y marzo, luego, en algunos casos, había entradas correspondientes a mayo, otras, a junio y julio, otras, a octubre. Solo en un caso figuraba una fecha del mes de diciembre.

En aquellas frases cortas y aisladas, estaba doña Herminia, ella sola, única en el mundo, como cada uno del resto de los seres humanos. Los pequeños detalles que constituían su vida habían sido consignados con cierta complacencia. No había allí otro ser humano que no fuera ella. De vez en cuando, se había abandonado a un impulso poético, la emoción de descubrir los primeros brotes de las hojas en los árboles, la melancolía de la suave lluvia otoñal, visiones de un mar jamás conocido y de verdes olas que mecían el barco en el que ella navegaba.

¿Creía doña Herminia que sus anhelos y necesidades eran profundos y conmovedores?, ¿se tenía a sí misma por un alma sensible? No parecía ser consciente de los límites de su mundo o de la inabarcable amplitud que quedaba fuera. No había quejas. No había deseos. Solo fugaces ensoñaciones.

Pero quizá fuera eso lo que la joven Herminia creía que debía escribir en aquellos cuadernos que su padre le regalaba todos los años, los últimos de la vida de don Ramón. Quizá pensara que eso era lo que a él le habría gustado encontrar en ellos si algún día llegaba a leerlos, porque es probable que todos los diarios se escriban con algún propósito y que sea la figura de ese interlocutor –ya sea uno solo o muchos de ellos– lo que marque el contenido de los mismos. Eso es lo que el autor del diario ha querido mostrar. Una invención de sí mismo. Pudiera ser que esa imagen de joven ensimismada, ajena al mundo y a todas sus vanidades, vicisitudes y luchas que había realizado aquellas anotaciones no se correspondiera del todo con la que tenían de ella quienes la conocieron y trataron.

22. UN VERANO MUY LARGO

Fue un verano muy largo, muy distinto a todos los que había vivido. Me encargaron, con carácter de urgencia, una serie de guiones para un programa de televisión. Me quedé en Madrid. Sin embargo, recuerdo con cierta nostalgia aquellos días de trabajo continuo, unas veces en casa –toda para mí–, otras, las más, en un despacho que dispusieron para nosotros, los guionistas, en la sede de RTVE. Nos hicimos bastante amigos, dos chicas y tres chicos, jóvenes, solteros y, aparentemente, sin compromiso. Cuando terminábamos de trabajar –unas jornadas muy largas, infinitas–, nos íbamos de bares, de vinos, de pinchos de tortilla y raciones de calamares fritos. Nuestro recorrido no se limitaba al tramo de la calle de Fuencarral que tan ligado estaba a los primeros años que pasé en Madrid, sino que tenía muchas ramificaciones. Yo sentía que cada noche se me abrían nuevas posibilidades, un sinnúmero de aventuras llenaban mi imaginación.

Eran noches que, vistas desde el presente, no pueden calificarse de totalmente locas, pero para mí suponían una novedad y me proporcionaban una feliz sensación de vértigo. Nunca hubiera imaginado que, en pleno letargo del verano, existieran, a pleno rendimiento, tantos locales nocturnos. Me aventuré por calles nunca transitadas, me codeé con desconocidos de los más variados aspectos, me sentí perfectamente integrada en aquella fauna noctámbula, como si hubiera sido, desde el mismo momento de nacer, uno de sus miembros.

A la vez, trabajaba mucho. A un ritmo feroz, el que nos imponía el productor del programa. Al final del verano, estuve a punto de enamorarme, pero lo dejé pasar. Se trataba de un hombre de gesto serio y distante, uno de los directores. Nos miraba a los guionistas como si fuéramos un grupo de delincuentes. No hablaba mucho con nosotros. Las directrices nos las daba el productor. Todos me dijeron que si él, ese hombre enigmático, se pasaba de vez en cuando por nuestro despacho, era para verme, solo para eso. Decidí no hacer mucho caso a los comentarios de mis amigos. Supongo que huía de una posible frustración. Me abandoné a las diversiones de la noche. Le esquivé y él, al fin, dejó de aparecer por nuestro territorio.

Aunque este hecho no tenga relación con la historia que estoy contando, no puedo dejar de mencionarlo porque, unos años después, ese hombre entró en mi vida y, si vuelvo la vista atrás, me gusta reconocer en esos días el inicio de una relación que, a su modo, aún dura. Pertenece al presente desde el que escribo.

En aquella época tan dispersa, yo tenía noticias de mis hermanas mayores a través de mis padres. Celia y Rafael me llamaban de vez en cuando. Yo también les llamaba a ellos. A Celia la veía en contadas ocasiones. A Rafael, algo más, porque como mi casa quedaba cerca de la suya, a veces, en los paseos con su amado perro, me hacía una corta visita. Por eso me sorprendió la llamada de Eugenia. Es una persona que no se anda con rodeos. Me dijo enseguida:

–Estoy muy preocupada por Virginia. Creo que muestra signos de demencia.

No recordaba haber visto a mi hermana Virginia desde Navidad. Siempre la había tenido por una persona completamente autónoma, como si no perteneciera del todo a nuestra familia, a ninguna familia. Su marido nunca había logrado despertar en mí ningún tipo de interés. Trabajaba en una empresa dedicada a la distribución de vinos y licores. Por Navidad, y en las celebraciones familiares, siempre traía un par de botellas de vino y otra, de cerámica color cobre, que contenía una especie de ponche. A todos nos gustaba mucho esa botella. No recuerdo haber probado nunca el licor que guardaba.

Eugenia me contó que hacía unos días había coincidido con Virginia en casa de los padres. Estaban con mi madre en el cuarto de estar. Virginia se levantó y dijo que iba al cuarto de baño. Tardaba mucho en volver, y Eugenia fue a buscarla. La encontró en el pasillo de atrás, el que va de la cocina al cuarto que siempre hemos llamado «de los armarios». Había abierto sus puertas y parecía buscar algo, ¿qué? Virginia dijo que a lo mejor Rafael se había escondido ahí, quería asegurarse antes de darlo por muerto.

–¿Muerto?, pero ¿qué estás diciendo? ¡Rafael está tan vivo como tú y como yo! –le dijo Eugenia.

–Eso es lo que decís, pero yo no me lo creo –dijo Virginia–. Sé que me lo ocultáis, siempre me habéis ocultado todo.

–¿Estás delirando o qué? –preguntó Eugenia.

Enseguida se arrepintió de lo que acababa de decir. Pues claro que Virginia estaba delirando, cualquiera podía verlo. ¡Ay!, ¡qué brusca era! Hasta su marido se lo echaba en cara, pero ella era así y ya no podía cambiar.

Me asombró un poco que Eugenia fuera capaz de hacer esa confesión, pero más me había asombrado que me llamara. Mis hermanas mayores nunca llamaban, nunca me habían hecho partícipe de sus problemas, nunca me habían escogido como confidente. En cierto modo, yo no existía para ellas. En eso, las tres eran iguales. Alguna vez lo había comentado con Celia, e incluso con Rafael. Estaban de acuerdo conmigo, pero ninguno de los dos había echado de menos esa atención. Yo sí. Cuando lo comprendí, me dolió sentirme tan sola y luché por cancelar ese deseo, por olvidarlo. La llamada de Eugenia me lo recordó, lo trajo de nuevo a mí, aunque ya estaba teñido de cautela, lastrado por la desconfianza.

Días después, Virginia, que seguía pensando que Rafael estaba muerto, transformando, probablemente, en un asunto definitivo, letal, el susto que nos había dado años atrás, fue ingresada en el hospital. Aquella celebración del cumpleaños de nuestra madre debía de haberse grabado en su memoria de una forma dramáticamente errónea. Y, como eso, otras muchas cosas. Algunas, totalmente indescifrables.

Al cabo de unos días, pude ir a visitarla a la clínica. Virginia, muy pálida, parecía tener muchos años, incontables, pero me dedicó una sonrisa llena de ilusión. No recordaba haberla visto sonreír con aquella entrega. Tal vez, de niños, todos sonreíamos así, con la certeza de que la felicidad estaba al alcance de la mano. Me pregunté si eso era lo que inquietaba a los médicos, lo que temían: que esa esperanza de total felicidad estuviera destinada a frustrarse.

–¿Cómo está mamá? –me preguntó–. Siento haberla preocupado.

–Todos estamos muy bien –dije–. Solo queremos que vuelvas a casa enseguida.

–¿Vendrás mañana? Los días son tan largos, no tengo nada que hacer.

Ya había recuperado la cordura. Rafael volvía a estar vivo, todo estaba en su sitio. Había sido un episodio aislado, dijeron.

Algún tiempo más tarde, la vida de Virginia, con ayuda de médicos y fármacos, volvió a la normalidad. Pero algo había cambiado en su interior, algo se había intensificado, quizá su soledad. Parecía más ausente. Se pasaba el día entero entre caballetes, lienzos y pinceles. Virginia había sido la más silenciosa del grupo de mis hermanas mayores. A su modo, también la más activa.

Celia y yo hablamos de nuestras hermanas mayores una tarde de primavera, cuando cada una de ellas había obtenido logros que todos habíamos celebrado. En el caso de Isabel, el logro lo había obtenido Bernardo, su marido, el político, a quien nombraron director de una institución importante, lo que ella consideraba como un triunfo propio. Eugenia se había hecho imprescindible en su empresa y hablaba de ella como si le perteneciera. Virginia había vuelto a exponer sus cuadros en una galería de arte.

–¿No crees que hemos llegado al final de algo? –me preguntó Celia.

Le dije que no, pero me quedé pensando en eso, en la idea de final.

Algo había concluido. Seguramente, la sensación de familia. Se había producido una especie de disgregación. Porque cada uno de nosotros, mis hermanas, mi hermano e incluso yo misma, parecía haber cortado los primeros lazos familiares. Ya no parecían necesarios.

Y pensé, como tantas veces en mi vida, en mi madre. Con intensidad, con dolor. Porque ella se había quedado sola. Hubiera querido dárnoslo todo, pero sabía que hay cosas que no se pueden dar, que tienen que nacer dentro de cada persona. Saber eso es aceptar la sucesión de finales que se producen en la vida. A uno le sigue otro, lo que significa que no son del todo finales.

Allí estábamos, una tarde de primavera en una ciudad que no habíamos conocido de niñas, Celia y yo, hablando de nuestras hermanas mayores. Compartiendo algunas cosas. Silenciando muchas. ¿Qué clase de final era ese?

23. SE ACERCA EL FINAL

Solo la tía Leonor podía poner el punto final a esta historia, era ella quien la había iniciado. Yo le había agradecido, en una carta medianamente larga, el envío de los diarios de doña Herminia, a los que había dedicado algunos comentarios más o menos superficiales, evitando toda exageración y todo juicio moral. Ella ya tenía mi dirección postal y mi número de teléfono. Podía ponerse en contacto conmigo cuando quisiera sin tener que acudir a mis padres.

Lo hizo cuando casi se me había olvidado todo el asunto. Incluso la sombra de Navascués se había ido desvaneciendo. Eso me asombra ahora, que he llegado a la edad de los recuerdos, pero entonces predominaba el olvido. Solo quería avanzar, moverme, ir de aquí para allá, porque esa es la vida que se concibe en la juventud. Apenas quedaba rastro de Navascués. Muy poco de la tía Leonor.

Me llamó. Estaba en Madrid. Me invitaba a comer con ella. Tenía muchas cosas que contarme. Pasaría a recogerme.

Había reservado mesa en un restaurante que no estaba lejos de mi casa. Yo había pasado muchas veces por delante de su puerta, pero nunca la había atravesado. Era demasiado caro. Se encontraba un poco perdido en un rincón del barrio que no era especialmente elegante. No muy lejos de la plaza de Cuatro Caminos y, por tanto, no lejos del hotel en el que había transcurrido una noche, esta sí muy lejana, de mi vida.

La tía Leonor alquilaba un coche con conductor en sus estancias en Madrid. Ya no se alojaban en el Hotel Ritz, sino en el Palace, que, en su opinión, era más divertido. El ambiente del Ritz era excesivamente estirado. En el Palace, la gente se movía con más desenvoltura. Era otro tipo de gente, más simpática, más abierta. El caso era que ella se sentía muy bien allí. Como sabía que yo no tenía coche y, sobre todo, que estaba siempre muy ocupada, había optado por desplazarse ella en lugar de pedirme a mí que fuera al hotel. Quería facilitarme el encuentro, tenía necesidad de verme.

–Si no es a ti, ¿a quién le voy a contar todo esto? –dijo.

El «todo esto» era un asunto muy complicado, me confesó que no sabía por dónde empezar. Lo mejor era que encargáramos la comida cuanto antes.

En cuanto nos sirvieron el aperitivo y llenaron de vino nuestras copas, mi tía se lanzó.

–Ya te dije que la posibilidad de que Araceli, la homeópata, hubiera tenido un hijo con Salas no me dejaba vivir tranquila. Al cabo, decidí contratar a un detective privado. El tío, ya lo conoces, estaba en contra, pero no se lo quise ocultar porque, a fin de cuentas, no se trata de nada prohibido ni indecente, no voy a ir ahora por la vida ocultando lo que es perfectamente legal. Allá él con sus secretos. Yo no quiero tenerlos. Todo a la luz del día.

La tía Leonor hizo uno de sus característicos gestos teatrales, extendiendo las manos en el aire como si los dedos fueron rayos de sol que todo lo iluminaran.

–Pues bien –siguió–, lo primero que, antes de nada, antes de consultar los registros de defunciones y esa clase de cosas, hizo el detective, que se llama Óscar, Óscar Pedrosa, fue ir al cementerio de Larroque. No te lo creerás, pero ahí está la tumba del niño. Mateo Molina, dos meses de edad. ¿A qué vino, entonces, el rumor de que el niño vivía? La tumba siempre ha estado allí, y el nombre y el apellido del niño y la fecha de su muerte. ¿De dónde había salido tanto misterio? Amalia, la señorita de Leoz, daba el asunto por seguro.

El tono de voz de la tía Leonor, después de un breve silencio, se hizo más bajo, casi confidencial:

–Óscar, que no es nada tonto –dijo–, yo creo

que he tenido suerte con él, se entrevistó con la señorita de Leoz y con la propia madre de Ramiro Salas. Las dos se quedaron muy asombradas, cada una por una razón. Amalia porque nunca había sabido nada de la muerte de aquel niño de dos meses. La madre de Salas porque ella, que sí lo había sabido, no comprendía cómo habíamos llegado a una conclusión tan errónea. Luego le dio una información muy valiosa: existía un chico, un tal Dionisio Pomares, a quien Ramiro, su hijo, había acogido bajo su protección. Le pagaba los estudios, y seguía atentamente sus progresos. Ella no sabía nada más, porque Ramiro era parco en palabras. Le faltó decir que, en lo que se refería a ella, a su propia madre, no solo en palabras.

Mi tía fijó un instante su mirada en mis ojos, como si se propusiera atravesarme con ella. Yo era la persona que tenía delante y reclamaba toda mi atención.

–Ya sabes –prosiguió– que cuando Ramiro Salas, en un primer momento, fue nombrado heredero de la fortuna de los Fontán, no le dio ni un duro a su madre. Eso lo dice todo. Bueno, vuelvo a Óscar, Oscar Pedrosa. Finalmente, consiguió hablar con Araceli, cosa que, al parecer, no es nada fácil. Como si fuera un ministro, ya ves. Sí, Araceli lo sabía. Se lo dijo enseguida. Luego puso sus condiciones, solo hablaría de eso: del chico, que efectivamente respondía al nombre de Dionisio Pomares, y de Ramiro Salas. Nada de su vida personal. De lo contrario, la entrevista terminaría. A Óscar, Araceli le cayó bien. Le hizo gracia que le dijera eso, ¿de qué otra cosa podría querer hablar?, del chico ese y de Ramiro Salas, eso era lo único que le interesaba. En conclusión: hemos localizado a ese chico, Dionisio. Tiene diecisiete años, estudia en un internado de Bilbao, creo que es su último curso.

–¡Vaya! –creo que dije, a falta de otra observación más oportuna.

–Sí, todo es muy curioso –dijo mi tía, asintiendo con la cabeza, y retomó el hilo del relato–. Óscar, naturalmente, se entrevistó con el chico. Es buen estudiante. Tanto, que ha conseguido una beca para ir a una universidad de Estados Unidos, no me preguntes cuál, ya puede ser Oregón o Texas. Ramiro Salas lo había conocido en uno de sus viajes por la comarca en busca de antigüedades, muebles, cuadros, libros viejos, esa clase de cosas. El cura del pueblo le habló a Salas del chico, que entonces tenía ocho años. Muy espabilado, listísimo. Ramiro lo quiso conocer y enseguida se encaprichó de él. Allí había empezado su mecenazgo. No podemos extrañarnos de eso. Creo que ya te dije que el propio Ramiro Salas, desde muy joven, había contado con la protección de doña Inocencia. Esas cosas se contagian. El protegido tiene disposición a proteger. El chico le contó a Óscar algo muy interesante. Ramiro Salas lo llevó un par de días a

Villa Delicias, quería que doña Herminia lo conociera. No sé por qué, pero veo esas escenas como si las hubiera vivido yo. Imagínate a un niño que nunca ha salido de su pueblo y, después, del internado. De repente se ve allí, en ese bosque de las mil maravillas, en ese jardín de las delicias. No se lo acaba de creer. Aquí es donde vive su protector.

Las manos de la tía Leonor, que se habían movido como si quisieran imitar el movimiento de las ramas de los árboles agitadas por el viento, se detuvieron, luego se posaron sobre la mesa y se quedaron allí, acariciando levemente el mantel.

–El coche avanzaba por el sendero de tierra, bajo los árboles –dijo en tono evocador–. A un lado y a otros, árboles, muchos, unos de hojas pequeñas, ligeras, otros de hojas grandes y oscuras, pájaros, animales en jaulas, estanques entrevistos, olores nuevos, ¿era un día de otoño?, ¿de primavera? El niño estaba extasiado. Más tarde, Ramiro Salas, su protector, le presentó a la señora de la casa, la reina de aquel paraíso. Una señora silenciosa, con quien apenas había intercambiado unas palabras. Alguien le dio unos libros de ilustraciones, el chico jamás había visto nada igual, los dibujos precisos, los colores, el tacto del papel. Anunciaron la hora de la merienda y salieron al jardín. Le dejaron que llevara consigo los libros. Pero luego se olvidó de ellos. La mesa de la merienda parecía una de las ilustraciones de los libros que acababa de hojear. ¡Qué de cosas había allí! Solamente estaban la señora y él, ¿cómo iban a poder comer todos esos manjares ellos dos solos? Luego vino otra señora, nadie le dijo quién era, tenía una voz ronca, casi susurrante. Doña Herminia se fue con ella. A Dionisio le trajeron de nuevo los libros de ilustraciones. Los estuvo mirando un rato y luego decidió dar una vuelta por el jardín. No recordaba nada más de aquel día. Pero le parecía que ya no había vuelto a ver a doña Herminia ni a Ramiro Salas, su protector.

»Por la mañana, en el desayuno, vio otra vez a la señora de la casa. Le dijo que la próxima vez que se vieran sería allí, en el internado. Quería devolverle la visita. Dionisio recogió sus cosas, las pocas cosas que había llevado, el pijama y el cepillo de dientes, y siguió los pasos de Ramiro Salas, que lo condujo hasta el coche que iba a llevarle de vuelta al internado. "No te ha podido hacer mucho caso, pero le has gustado", algo así le dijo Ramiro Salas. Se refería a doña Herminia, por supuesto. Fueron palabras extrañas, levemente inquietantes. En ningún momento se le había pasado a Dionisio por la cabeza la idea de que tuviera que gustar a la señora de la casa. De hecho, lo comprendió de golpe, se sentía agradecido, porque había sido la primera persona que había conocido en su vida que no le había sometido a un interrogatorio.

La tía Leonor hizo una pausa. Una pausa de verdad. Me dije que el relato ya había concluido, aunque aún faltara su opinión, todo lo que ella había pensado después.

Yo también me detengo ahora. Necesito tomar aire, alejarme durante unos instantes de este escenario y de estos personajes. Que se queden un breve rato ahí, inmóviles, los gestos detenidos, los ecos de sus voces, ya calladas, desvaneciéndose.

24. ÚLTIMO COMENTARIO DE MAURICIO BALLART

Como la novela está a punto de acabar, adelanto un poco mi despedida para que sea la narradora quien ponga el punto final a la novela. Es lo justo, creo.

Esta historia ha llenado mi vida durante muchos meses. No era una historia mía, pero día a día, línea a línea, se fue convirtiendo en mía. Los parientes de mi amigo Tomás Hidalgo se cansaron, al fin, de hacer indagaciones. No sacaron nada en limpio. Según dice Tomás, al final llegaron a dudar de la misma existencia de la mujer, aunque seguían sin comprender cómo había llegado al disquete del viejo ordenador del ingeniero un texto semejante y por qué todos se habían olvidado de él.

Le pregunté a Tomás si estaba dispuesto a volver a leer la novela, una vez que había sido reescrita por mí.

–Prefiero leerla cuando sea novela de verdad, cuando esté publicada y tenga forma de libro. Esto de leer manuscritos no me gusta nada.

–¿Cómo voy a publicar una novela que no he escrito yo? –le pregunté.

–Explícalo claramente –dijo–. Así tienes una nueva tarea.

–¿Quieres decir que dentro de la novela hable de su historia, de cómo ha llegado a mis manos? Nunca he sido partidario de hacer ese tipo de cosas. Además, te lo he dicho mil veces, las historias reales no son lo mío. Prefiero la invención.

–No tienes por qué atenerte a los hechos con exactitud –dijo–. Invéntate algo, ¿no es eso lo que te gusta, lo que sabes hacer? Además, estoy seguro de que, al reescribir la novela, has puesto mucho de tu parte, no me digas que no.

–He respetado el texto al máximo –me defendí–. No he quitado absolutamente nada.

–Una cosa es quitar y otra poner –dijo, como si supiera perfectamente en qué momentos mi imaginación se había fundido con la de la narradora de la historia.

Finalmente, he seguido las indicaciones de mi amigo Tomás, que a mi parecer, debo decirlo, no siempre tiene razón. Estamos en desacuerdo en muchas cosas.

Sobre la autora del «manuscrito» –si nos avenimos a llamarlo así–, ya no estoy tan seguro de su edad, de su juventud. Los familiares de Tomás quizá no se fijaron en una frase que figura en uno de los capítulos finales. Leyeron la novela una vez, me parece. Yo la he leído muchas, ya no sé cuántas.

Esta frase me sobresaltó: «He llegado a la edad de los recuerdos». Y, en referencia al tiempo en que la historia que se cuenta tuvo lugar, escribe: «Entonces predominaba el olvido».

La edad de los recuerdos, ¿no es eso el comienzo de la madurez? Claro que estas categorías –juventud, madurez– son muy escurridizas. Más de una persona, aún en plena juventud, cree haber llegado a ese punto de la edad adulta en el que comienza la senectud. Quizá nuestra autora, cuando escribió la historia, se creía ya fuera de la época despreocupada de la juventud, la de los olvidos permanentes. Empezaba a apoyarse en los recuerdos. Pero las transiciones de una etapa a otra no son bruscas sino, en muchos casos, lentísimas, y están salpicadas de tiempos muertos, sin avances, tiempos estancados que no sabemos cómo contar.

No sé si llegué a comentar este punto con Tomás. Creo que no. Quizá opté por callar y evitar en ese momento una pequeña discusión, ya que una de las habilidades más reconocidas de Tomás es mostrar su desacuerdo con sus congéneres en todas las cuestiones.

Me voy a permitir, a modo de despedida personal de los lectores, a quienes dejo en manos de la narradora para que sea ella quien, como ya he dicho, ponga el punto final a la novela, relatar una anécdota que Tomás me contó hace años y hacer luego una breve glosa de la misma, para mostrar esos desacuerdos entre nosotros que, curiosamente, hacen más estrecha nuestra amistad.

Una niña de nueve años, «una perfecta dama», entregó su cuaderno de deberes, en el que figuraban varios ejercicios de sumas, con la resolución de una sola suma y el siguiente comentario: «Las demás se hacen de la misma manera».

Quien recogió la anécdota –real o inventada– fue, me dijo Tomás, el matemático británico Laurence Chisholm Young, cuya vida abarcó prácticamente todo el siglo XX –del año 1905 al 2000–, que ejerció la docencia en la Universidad de Wisconsin, en Estados Unidos, y que es conocido, y celebrado, por sus contribuciones a la teoría de la medida, al cálculo de variaciones y al control óptimo, sean esos asuntos los que fueren, que los entendidos lo sabrán. Fue, también, según se consignaba en su biografía, un gran maestro del ajedrez.

Este detalle me irritó un poco, porque siento cierta aversión por los jugadores de ajedrez. No hacia los aficionados –contra las aficiones no puedo decir nada, cada cual se las arregla como puede–, sino hacia los profesionales, a quienes todo el mundo considera genios, empezando por ellos mismos. Pero en este contexto, el ajedrez es un asunto muy secundario. Lo que importa es la niña, la «perfecta dama».

Para mi amigo Tomás Hidalgo, la niña de la suma única era un genio. ¡Qué sagacidad la de ese Chisholm Young, llamar «perfecta dama» a esa niña de nueve años que solo resolvió una de las sumas que figuraban en su cuaderno de deberes! Una perfecta dama, sí. ¿Por qué tenía que hacer las otras sumas?, ¿no se hacían todas de la misma manera?, ¿no había quedado claro, al realizar una sola de las operaciones, que sabía perfectamente cómo se llevaban a cabo?, ¿es que estamos en la vida para perder el tiempo?

La expresión «una perfecta dama», en opinión de Tomás, iba más lejos de lo que parecía. A primera vista, resultaba una apreciación superficial, además de anticuada. Sin embargo, para Chisholm Young parecía tener un significado profundo. La perfecta dama de su anécdota era perfecta –y dama– porque hacía exactamente lo que, a su entender, se requería de ella: demostrar que sabía hacer una suma. ¿Por qué iba a dar un paso más? En esa especie de arrogancia o de soberbia se escondía un hecho que no tenía nada de arrogante ni de soberbio, la simple y llana facultad de razonar, la inteligencia. Pero como tal cosa podría tomarse como arrogancia, Young utilizaba, con cierta ironía, el adjetivo. Perfecta dama. La persona que no se esfuerza por convencer al oponente, la que no se cree en la obligación de demostrar nada. Dice «lo sé», «sé cómo se hace». Nada más.

En aquel momento, le di la razón a Tomás. Sin embargo, durante el trayecto hacia mi casa, después de haber pasado unas horas con mi amigo en su piso de la calle de Recoletos, me dije que las cosas no estaban tan claras. El método no lo es todo. La niña había captado al vuelo la forma de hacer una suma, pero no todo era eso, ni en la suma ni en nada. De pronto, descubrí en mi interior un agudo, casi hiriente, sentimiento de rebelión contra el método. Contra el prestigio del método.

¡Hay tantas cosas que se nos escapan!, ¡tantas cosas que no se dejan clasificar! ¿Qué método aplico cada vez que escribo una novela?, ¿tengo un método para relacionarme con mis semejantes, un método para vivir? Quizá el método solo sirva para las operaciones, para el entramado de la vida. Todo lo demás, lo que importa de verdad, se queda fuera. Algo así le dije a Tomás cuando nos volvimos a ver y lo que repito, con diferentes palabras, cada vez que saca a relucir el asunto de la niña de la suma única.

Con este breve comentario, que quizá defina la forma en que me enfrento a la vida y, más en concreto, el modo en que he abordado la empresa de reescribir la novela que quedó olvidada en la casa del ingeniero y que, a través de una cadena de intermediarios, llegó a mis manos, me despido de los posibles lectores y cedo la palabra a la narradora de la historia, quien, recordemos, había detenido el curso de su relato para tomar aire, y dejo que su voz, ya sin más interrupciones, se deslice hacia su final.

25. FIN DE LA NOVELA

Aún quedaba algo. El escenario se llenó de sonidos, de olores, de movimiento. Las voces se volvieron a escuchar.

–Le di las gracias a Óscar por sus indagaciones –dijo mi tía–, le pagué sus honorarios, no demasiado elevados, la verdad, pero no me atreví a darle una propina, no fuese a tomárselo a mal. Con estas cosas de la propina nunca se sabe. Yo, al menos, nunca sé qué hacer. Por un lado, el dinero, por poco que sea, siempre viene bien, así que dar propinas nunca está de sobra, pero, por otro lado, hay quien se siente ofendido, como si la propina no tuviera otro fin que el de la ostentación de quien la da y, en consecuencia, la humillación de quien la acepta. No me manejo con estas cosas, pero por nada del mundo quisiera ofender a nadie. Bastante me han ofendido a mí –afirmó, tajante, sin querer entrar en detalles, y, tras un breve silencio, prosiguió–: Luego de despedirme de Óscar, decidí actuar por mi cuenta. Necesitaba tener más datos sobre el chico ese, Dionisio. Me presenté en casa de Araceli. Casualmente, ese día no pasaba consulta. El caso es que en la casa no había nadie. Me invitó a entrar, me sirvió un café y luego sacó una botella de no sé qué licor. El licor de la verdad, me dije, seguro que con eso empezaba el tratamiento de sus pacientes. «Dionisio, qué obsesión tenía el pobre Ramiro con él», eso fue lo primero que comentó Araceli cuando le dije que me había enterado de su existencia. Luego se explayó algo más. Ramiro Salas quería que doña Herminia lo adoptara como hijo, y, si no llega a morir tan pronto, quizá lo hubiera hecho. Eso piensa Araceli. Yo creo que tiempo tuvo. La tía Herminia tenía más de setenta años cuando murió, pero el tiempo corre de forma distinta para cada persona y en los pueblos se detiene y estanca con frecuencia. Muerta la tía Herminia, cuando Salas se vio dueño de la fabulosa fortuna que ella le había dejado, se planteó adoptarlo él mismo, pero como el proceso era muy complicado, buscó la complicidad de Araceli. Por lo que fuere, decidió que era mejor que lo adoptara Araceli, él se encargaría de todos los gastos, la manutención, los estudios, incluidos viajes o lo que considerara pertinente para su formación. Ante la ley, sería hijo de Pascual y de Araceli, pero, a todos los efectos, hijo de Ramiro. Incluso viviría allí, en Villa Delicias.

La tía Leonor parecía haberse sumergido en aquella escena del pasado. Como la estupenda actriz que era, su entonación se ajustaba a los personajes a quienes le tocaba representar, incluida ella misma en aquel determinado momento.

–¿Podía haber sido esa la razón del crimen, lo que había llevado a Pascual, su marido, a deshacerse al fin de Ramiro Salas?, le pregunté a Araceli –rememoró mi tía–. La homeópata se encogió de hombros. Pascual lo odiaba, eso era verdad, pero Araceli asegura que no llegó a comentarle nada a Pascual sobre el asunto. Sabía que de ningún modo aceptaría el trato, aun cuando significara un beneficio económico para ellos. Quizá lo hubiera sabido por su cuenta, espiándoles, porque eso era lo que hacía Pascual: les espiaba. Lo cierto es que ellos, Araceli y Ramiro Salas, se veían a menudo. Aquella antigua relación había renacido. La homeópata lo admitió sin rodeos. Volvió la pasión, sí. De modo que lo más probable era que el crimen hubiera sido por celos. ¿Qué más daba?, ahora Ramiro Salas estaba muerto y Pascual, su marido, en la cárcel. «Sobrevivo», había declarado Araceli.

Tras una pausa, mi tía dijo, terminante, casi en tono triunfal:

–Para completar el panorama, nosotros, el tío Felipe y yo, los sobrinos de doña Herminia –recalcó–, acabamos ganando el pleito y fuimos nombrados legítimos herederos.

Hizo una mueca, como si quisiera reprimir una risa nerviosa.

–Salí de casa de Araceli con un propósito –dijo luego–. Me haría cargo de los estudios de Dionisio. No voy a adoptarle, claro está, pero trataré de ayudarle, voy a legarle una parte de la herencia. No estoy hablando de una cifra desorbitada –aclaró–, eso ya lo he hablado con tu tío, se trata de una cantidad que le permita no tener trabas en la primera etapa de la vida, la más importante, a mi parecer. Que estudie lo que quiera, que se tome su tiempo antes de meterse de lleno en la lucha por la vida. Todo hubiera sido muy distinto para él si se hubieran cumplido los planes de Ramiro Salas, una parte de los cuales, la de la herencia, me incumbe directamente.

El relato, ahora sí, ya había concluido, y la tía Leonor, como para subrayar su final, dejó escapar un hondo suspiro.

–¡Ay, hija mía –dijo–, esta historia ha sido mucho más complicada de lo que nunca hubiera podido imaginar! Pero no se puede volver atrás, ¿lo volvería a hacer si hubiera sabido cómo iban a salir las cosas?, ¿qué sentido tiene hacerse esa pregunta?

A pesar de declarar que rechazaba la idea del arrepentimiento, la tía Leonor, con esas palabras –muy vagas en realidad– y, más aún, con la expresión de sus ojos y de sus gestos, transmitía ahora una especie de languidez, de desánimo. Había luchado por una herencia que ella consideraba legítima, el juez, tras un proceso largo y complicado, había fallado a su favor, pero en el camino había recibido algo más, algo nada halagüeño. Se había visto inmersa en un caso policial a raíz de un hecho extraordinario, nada más ni nada menos que un asesinato, se había asomado a la vida de unas personas hasta el momento desconocidas, y ella misma había sido parte de sus vidas, porque entrando de golpe en ellas, adueñándose de Villa Delicias, el escenario por el que habían deambulado, se los había arrebatado.

Había sido una lucha solitaria, porque el tío Felipe, que era quien tenía vínculos de sangre con doña Herminia, se había desentendido del asunto. Le había dado el visto bueno para iniciar el proceso judicial, pero, muy posiblemente, solo para que ella estuviera entretenida, para que dejara de hacerle reproches y continuas acusaciones de infidelidad matrimonial. ¿Qué era lo que la tía Leonor quería demostrarle a su marido?, ¿acaso que, si se lo proponía, estaba dispuesta a investigar, de llegar al fondo del asunto, se tratara de lo que se tratara? Pues sí, había llegado hasta el fondo.

Pero la victoria de la tía Leonor también era solitaria. De hecho, durante el largo y complicado proceso, había ido dejando atrás a muchas personas. Resuelto el caso del asesinato, Roberto Navascués había sido sustituido por Óscar Pedrosa. En esa etapa yo también me había alejado de mi tía. El último tramo lo había recorrido completamente sola, sin la ayuda de nadie. Había algo heroico en aquella tenacidad de mi tía. Había llegado hasta el final y estaba dispuesta a seguir asumiendo compromisos. Seguía siendo una batalla personal.

Ya no podía volver atrás.

Pero siempre se puede ir a otra parte. Volver no es la única posibilidad. Algo así le dije, aunque torpemente, porque no era una idea fácil de explicar. Yo misma no sabía bien qué quería decir eso: ir a otra parte.

Nos despedimos en la puerta del restaurante, tan cerca de la plaza de Cuatro Caminos. El chófer nos estaba esperando. Mi tía insistió en llevarme a mi casa, pero, a pesar del frío que ya anunciaba el invierno, yo prefería pasear. Algo me empujaba a ir hasta Cuatro Caminos y subir un poco por la calle de Bravo Murillo en dirección a Tetuán. Sí, ahí seguía el hotel, con su aspecto de ser el alojamiento habitual de viajantes de comercio y de policías.

Pasé la tarde dando vueltas por esa parte de Madrid. Encontré un banco sobre el que caía el último sol de la tarde y me dejé caer, yo también, en él. Me hubiera gustado quedarme allí sentada muchas horas, sin hacer otra cosa que ver pasar a la gente, pero llevaba un abrigo ligero y no había cogido un pañuelo para protegerme el cuello. Después de un rato, me levanté y seguí andando. Tenía que desprenderme de las palabras envolventes de mi tía Leonor, de ese ambiente de odios, rivalidades, pasiones, herencias y agravios. Cuando tuviera fuerzas, lo pondría por escrito, lo convertiría en otra cosa, porque ese era el poder de la literatura, transformar la vida vivida en otra cosa. La vida vivida de los otros y la vida que vive quien está contando la historia. Quizá eso sea imposible. Quizá Sherezade, quien cuenta la historia, tenga que permanecer allí, sobre la realidad, sobre la tierra, sentada en un banco a un lado de la calzada, mientras la gente pasa y los sueños se elevan en el aire.

Mis pasos se fueron encaminando hacia la casa de mis padres. No sé qué tenía ese tramo final que siempre me hacía pensar en el amor. Quizá porque el amor es algo que buscamos fuera de la casa familiar y, cuando regresamos a ella después de un viaje, sea largo o corto, nos tenemos que desprender un poco de él y dejarnos invadir por las emociones de la infancia, cuando dábamos por sentado que todo el amor, todo lo que necesitábamos, estaba allí, al alcance de la mano, en la mano. La de mi madre envolviendo la mía. Eso bastaba.

Ahora me dolía el amor, mis historias ya finalizadas, desvanecidas. La felicidad que da el saberse amada, el poder amar, ¿puede igualarse a otra emoción?, ¿se puede vivir permanentemente en ese estado de felicidad? Y si no se puede, ¿por qué se aspira a eso?, ¿qué sería de nosotros, sin embargo, si renunciáramos a ella?

Ya era casi de noche cuando llegué a la glorieta de Quevedo. Los puestos de castañas ya hacían sus señales de humo y olores junto a las entradas del metro. Me acerqué a la castañera y compré un cucurucho. La castañera de siempre. Una mujer alegre, grande, que canturreaba todo el tiempo y se frotaba las manos después de entregarte el cucurucho de castañas y recoger el dinero que dejabas en ellas.

El mismo sabor de siempre, el sabor del primer año que pasé en Madrid, cuando yo era una adolescente casi borrosa, rodeada de indefiniciones. El cuello del abrigo levantado, la bufanda alrededor del cuello, los guantes de lana en el bolsillo, las manos heladas entrando en calor mientras aprietan las castañas, yo comiéndolas lentamente, mordisco a mordisco, saboreándolas, retrasando el momento de ir a casa. En ese lapso de tiempo, que súbitamente me ligó al pasado, se desvanecieron las quejas, litigios y metas de la tía Leonor, las vidas ajenas de mis hermanas, la nueva personalidad de mi hermano Rafael, el malhumor de mi padre, el ensimismamiento de mi madre, mis propias aventuras, las pasiones olvidadas. Todo quedó lejos. Todo era, todavía, indescifrable e incierto, pero en aquel momento no producía inquietud. Casi sosiego. Mientras yo permanecía allí, a unos pasos del puesto de castañas, todo era perfecto.

ÍNDICE